湖台夜話

Evening Chats at Lakeview Terrace

哈金

Ha Jin

序一　甘居邊緣

哈金

漢文化中流亡的概念與西方不同，中國古代的流亡者無論飄落到多遠，也走不出漢文化圈。最多是蘇武牧羊北海，但那裡仍是漢文化的邊緣，是匈奴等部落繁衍的地方。如今流亡意味著去國離鄉，不得不在異國生存——學習外語，學會謀生，接受人類共有的價值，甚至生根。在中國人的基因裡，這種異化的生存狀態很難承受，所以許多海外流亡人士常談起將來能「回家吃餃子」，好像餃子只有故鄉的香。

其實，這都是泛情的說法。漢文化中也有崇尚「躬耕」的傳統，即專心經營自己的園地。陶淵明甘願自食其力，「躬耕非所歎」，不光是他的心境高遠，澹泊名利，也因為他擁有「方宅十餘畝，草屋八九間」。如今，普天之下莫非黨土，每個人的帳戶都由國家掌控，在大陸「躬耕」之說已經沒有現實依據。但如果你走出國門，你就不得不像別人一樣正常地生活——以個人的勞動來支持自己和家人，靠自己的能力與別人競爭，興敗存亡全憑一己之力和運氣。這種「平等」是自由的起點，既折磨人也是機遇。

這種生存狀態迫使移居他鄉的人常用旁觀者的眼光來看問題，並能身居其外客觀地審度事務，也不得不重新反省以前接受的價值觀。正是這種身居邊緣的心態讓我在一些文章裡常常討論個人和國家的關係。

三年前林載爵先生約我給《聯合文學》寫專欄，每月一篇，我欣然接受，一共寫了兩年。由於這是文學雜誌，我也寫了一些關於文學的文章。現在集結成書，覺得很幸運，終於用漢語直接寫了一本文集。至於好壞，就請讀者們自己端量、包涵了。

「湖台」是我家的住地，英文是 Lakeview Terrace，附近的幾個湖其實並不在視界內，屋外到處都是樹林。不過我喜歡「夜話」的意境，想像這是一個在森林水邊的孤寂之聲，夜裡有多少人能聽到並不重要。

二〇二〇年十一月二十七日

目錄

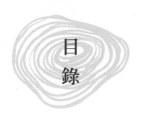

小說天地

重建家園

重建家園

漢語文化中鄉愁是一個大主題，雖然這個話題並沒有多少現實根據。說起鄉愁，首先要有家鄉或故鄉。很多人已經沒有了鄉，他們對家鄉的思念不過是一種懷舊。大陸媒體總是宣揚鄉愁，就是要用過去在精神上綁住人們的當下，因為自由的本質是對過去的背叛。其實，華人移民中並沒有許多人被鄉愁折磨，因為他們能來去自由，回國探親是平常的事。既然移民了，就是要在他國重建家園，故鄉也就不再是家了。

但流亡者卻不同，他們中很多人仍把故國當做家鄉或家。這跟他們無法回國有關，長期與過去分離，會使現在的日子過得糟心。這種分離是鄉愁的根源，而當政者把流亡者們拒之國外就是要強化這種分離，使他們更加渴望能再踏上故土。大陸媒體通常把家鄉和家混為一談，如果海外的成功人士回國訪問，就說是「回家了」。由於語言上對家與家鄉的混淆，流亡者們也常常將二者視為一體。

家是自己的，而家鄉則是祖先的。我們長大成人離開家鄉是為了在別處建立自己的家。家是個人感情集結的地方，應該認真經營，將其建成自己心靈和生活中的避風港。美國詩人羅伯特・佛洛斯特說：「家是這樣一個地方——你要去那裡時，他們不得不接受你。」就是說家裡的人沒有選擇，必須把你當做一員。通常，如果大陸政府對某個流亡者開恩，就說你可以回來，但需要寫個申請，說明你的情況。你一旦同意，就得長篇累牘地寫下去，解釋你怎樣在國外安分守己，沒做過傷害國家利益的事，仍然熱愛祖國等等。更有甚者，你還得保證將來不亂說話，不加入民運，不反黨叛國。偶爾有國內的官員或代表接觸我，說寫個回國探親的申請，他們會考慮。我總是說，我父母病危時你們不讓我回去探望，現在老人都不在了，我沒有牽掛了。這樣的回答是基於這個事實：如果必須寫申請和保證才能去的地方，那裡肯定不是你的家，也不必非要去。

讀者可能會說，但那裡是你的家鄉啊。我要說不是，因為我沒有家鄉。跟同代人相比我很幸運，父親曾是軍人，常常換防，我們每幾年就搬一次家，久而久之，也說不清哪裡是家鄉了。家鄉通常是幾代人曾定居的地方，而我小時候一般只在一地住幾年，也就沒有了鄉的感覺。

漢語中「家」和「鄉」通常連在一起，從而心態上強化了流亡者們的鄉愁。其實，他們應該問自己這樣一個基本問題：你希望在哪裡長期居住？這個問題清楚了，鄉愁之類的泡沫問題就不重要了。你必須在自己喜歡的地方重建自己的家園。這才是生存之道。

當然，如果你信奉宗教，那就更容易些，你會把另一個世界視為自己的家鄉，而只把此生此世當做一段旅程，世上的人都是過客。如果你是科學家或藝術家，也可以擁有類似宗教式的態度，把自己的專業和家園融為一體，就像伏爾泰說的去耕種自己的園子。這種專注當下的心態不僅是成就的根基，也是怎樣在歷史的野蠻暴力中得以生存的一種方式。說到底，人生就是要生存下去，好做有意義的事。

流亡者們對理想的居地有各種各樣的態度。德國作家澤巴爾德（W. G. Sebald, 1944-2001）曾被問及他最理想的生活是什麼樣，他說：「在一家豪華的瑞士酒店裡居住。」他這是在讚賞自己心儀的大師納博科夫，也表達了獨特的人生哲學。《蘿莉塔》獲得巨大成功後，納博科夫從紐約上州的伊瑟卡搬到瑞士的蒙特勒鎮，在蒙特勒皇宮酒家永久居住下來。這種將旅店當做家園的生活態度讓人驚歎。澤巴爾德在他的著作中常常描寫以納博科夫為背景的人物——他們舉著布紗網在山野裡捉蝴蝶，在歷史的瘋狂和殘暴之中捕捉瞬間的美麗。這正是藝術家的創作目的和人生宗旨。理解這一點，就不難明白納博科夫為什麼把酒店當做家園。在他看來，家也是暫時的，不過是個棲所，只有藝術才是永恆的。

很少人有納氏的成功和超脫。一般人都渴望擁有自己的房子和地，以建立自己的家園。我有一位在新罕布夏州的朋友，他外公曾是河南的小地主，土改時地都被沒收了，我朋友從小家裡就沒有土地了。可是他一見到北美廣袤的農田，就會激動起來，像發了燒。最終他買了個農場，自己卻無力耕種，只得租出去。他那二百多英畝農田跟他的家園並沒有關係，但也許與精神上返祖還鄉有關。我也喜歡土地，可能是因為祖上是鄉下人，以耕作為生，但我不想要太多畝地，夠建一所房子和一個園子就可以了。

二〇〇二年從喬治亞州搬回波士頓時，我們一心想跟在南方一樣有自己的房子和地，但那時房產市場正值高峰，我們只能在郊外買下現在住的家。這片房產有六點五英畝地，後面是一大片公家的森林，一千多英畝。雖然四周非常安靜，我老是抱怨上班太遠，但在這裡住久了，就越來越喜歡了，好像有找對了伴侶的幸運感覺——磨合期過了，日子就過得和諧起來。院子裡的活兒雖然很多，但我漸漸都會做了；割草、砍樹、清理樹葉、除雪都慢慢成了生活的一部分，也是寫作之餘的消遣。我們院子裡常來動物：鹿、狐狸、野雞等。我最喜歡附近林子的土撥鼠，大概有四、五隻，牠們怕人，常來吃草，從不出動靜。每當牠們出現在院子裡，我們就都一聲不響，以免驚嚇牠們。觀看牠們悠閒地吃草，我心裡充滿喜悅。有時我開車回來，牠們一見到車就連滾帶爬地逃走。最初，只有一隻土撥鼠，我叫牠亨利，後來又出現四、五隻，都是亨利的孩子。我親眼看著牠們漸漸長大，可以說參與了牠們的生命。

這裡已經是我的家園。如果將來離開，我最思念的將是那幾隻胖乎乎的土撥鼠，雖然牠們可能並不認識我。

故鄉與家園

胡錦濤一九七八年曾回江蘇泰州為父親奔喪，此後三十四年間就再沒去過那裡。泰州是他的出生地，他中小學都在那裡上的，可以說是他的故鄉。一九七八年胡錦濤三十六歲，在甘肅省委任一個副處長，算是中層官員。他回老家奔喪還有一個目的，就是希望能給文革期間被冤枉打成「貪汙犯」的父親平反。為此他花了五十元人民幣，相當於那時中下層官員的月薪，擺了酒席要宴請縣委領導和父親原來所在的供銷社的負責人。但當地官員沒人賞臉，胡家只能招呼飯店裡的服務員和廚師、雜工等一些素不相識的人吃掉了宴席。可想而知，對胡錦濤來說，那次返鄉是羞辱和傷心之旅。後來他發達了，就把安徽績溪縣作為原籍，不再提江蘇泰州。我想沒有人會責怪胡錦濤不認泰州為老家，因為那個地方只給他剩下不愉快的記憶。當然泰州的官員們也識趣，不敢去北京攀親——胡主席不問罪他們、不找他們的麻煩就算開恩了。直到二〇一二年胡退休後才最終又回過泰州一次。

沒人詬病胡錦濤多年不認江蘇泰州為老家。這除了政治權力的威懾，還有另一層原因，即他在國內的一個鄰省選認了自己的老家。這是在一國之內的取捨，不涉及故國情懷。在海外余英時先生以「沒有鄉愁」著稱。他祖籍是安徽，二十歲就去了香港，後來赴美讀書，在哈佛拿到博士，逐漸成為史學界一代宗師。余先生回過大陸幾次，但從一九七八年後就再也不回去了。而北京那邊常與他聯繫，要他回去「走走看看」。有一次安徽還派了一個十九人的代表團，邀請他回老家訪問，並承諾重修他家的祖墳。對這些，余先生都回絕了，說「我沒有鄉愁」。大陸那邊不斷的統戰工作，似乎有些情感上的綁架，這種做法是建立在這樣一個假設上：你的故鄉就是你的家，就是你的家園。其實，這個想法是錯誤的，卻很有感染力。就連余英時先生有時也得盡力招架。一次一家香港電台採訪他時，又提起不回大陸訪問之事，他說：「我在哪裡，哪裡就是中國。為什麼要到某一塊土地上才叫中國？那土地上反而沒有中國。」顯然，故國情懷是很難釋懷的。當權者們往往利用它來丈量人們的忠誠，從道德上綁架離開中國的人們。

中國是余先生的故國，是原籍，而不是他的家園。從本質上說，余先生的沒有鄉愁跟胡錦濤的不認泰州為老家同樣無可厚非，但人們一碰到故國情懷這個坎就很難跨過去。其實，故鄉跟家園是兩碼事。你回訪故國，不是回家，最多是去了一趟老家。如今背井離鄉已經成為人生常態，絕大部分人都得離開家鄉去別處尋找、建立家園。從這個意義上說，中國只是我們的原籍或老家，但很少有人以原籍來決定自己生活的質量和生命的意義。甚至對許多人來說，老家也可以變換，就像胡錦濤那樣棄江蘇泰州而取安徽績溪。這應該是個人正常的選擇。

在生活中混淆原籍和家園會很危險。我曾提到《移民》一書，其中的第二個故事是關於保爾．博雷特的生涯。保爾生長在德國鄉下的一個邊遠小城，S鎮。他父親是半個猶太人，擁有鎮上最豐富的商場，生活優裕，開著豪車。中學後保爾進了師範學校，希望將來在家鄉做教師。但他畢業時，納粹開始迫害猶太人了，像他這樣擁有四分之一猶太血統的人也不許教書，所以他就去法國當了一位家庭教師。在他去國期間，家鄉S鎮裡開始迫害猶太人了；他父親的商場被強迫廉價出售，就連他那沒有猶太血統的母親也成為不受歡迎的人。結果，父母很快就雙雙去世了。保爾隱約地感覺到家鄉發生反猶的事情，但他並沒上心，卻回到柏林參加了德國軍隊，為納粹轉戰歐洲各地，做了六年炮兵。德國戰敗後，他可以教書了，就回到家鄉做小學教師。保爾是非常聰明的人，敏感又教學有方，是天生的老師。他並不喜歡S鎮，甚至希望這個小城被從地球上抹掉，連同鎮上那些滿腦子偏見的人，但他始終視S鎮為自己的家園。由於不喜歡，他就常去瑞士，在那邊認識了一位猶太女士，開始研讀舊報紙，逐漸發現了多年前鎮上反猶的真相：他父母被害致死。這裡值得注意的是他只有離開了故鄉，才能客觀地審視S鎮。他讀到那時學校裡的許多女孩和男孩都參加了打砸搶，這讓他心生厭惡，再也無法面對自己的學生，就辭職了。晚年他住在瑞士，但在德國S鎮上保持了一所公寓，常常去那邊把屋裡打掃清潔。同時，他在瑞士讀了大量的德語著作，還手抄了許多段落，最終得出結論：他屬於那些流亡作家和思想家的群體，而不屬於S鎮。同時他也在瑞士為女友經管花園，把原來零亂的園子經營得十分繁茂。心理上他本能地要重建自己的家園，所以花園就占據了他的身心。但他已經年過七旬，力不從心了，無法去別處建立家園。最終，他宣布要放棄S鎮上的公寓。不過和女友去S鎮那邊收拾整理時，他溜了出去，臥軌自殺了。不管保爾怎樣掙扎努力，都無法把自己從家鄉解放出來。他的悲劇源自混淆了故鄉和家園，一輩子沒有真正建立起自己的家園。這樣一位受過良好教育、聰明善良的人，在感情上卻沒有長大，盲目地活了一生。結果，自盡成了他唯一有意義的選擇。

保爾的悲劇告訴我們必須要保持故鄉和家園的區別。由此，對余英時先生的「我沒有鄉愁」的說法，我們可以進一步解釋：因為故國只是我的原籍，不是我的家園。

鄉愁的陷阱

流亡和移民生活中最難應付的是感情上的紛亂。不管你多麼聰明博學，人生經驗多麼豐富，這方面仍會搞得一團糟，理不出頭緒。我們長掛在嘴邊的「鄉愁」就是這樣一種情感，它常讓一些人渾渾噩噩，多少有些變態。字面上「鄉愁」是指對家鄉的思念，由於見不到家鄉，心上就湧起愁思。人類文化史上對鄉愁有不同看法，歌德認為鄉愁是病態，毫無用處，但赫爾德卻認為鄉愁是人類最高尚的情愫。

世界文學史上最著名的鄉愁插曲是奧德修斯回到家鄉伊薩卡的時刻。在流浪了二十多年就要返航回鄉之前，他在宴會上對款待自己的主人傾述了對家鄉的思念和熱愛，但在海上船遇到風暴，水手們將熟睡的奧德修斯和他的寶物卸下船，放在伊薩卡的海灘上，就離開了。身為國王的奧德修斯在自己的國土上醒來，卻驚叫道：「天啊，這是什麼鬼地方？這裡住著什麼人——是些蠻子，還是凶狠、目無法紀的暴民？或是友好的、敬畏天神的陌生人？」此刻他已經身在家鄉，卻不知道自己在哪裡，「心裡的思鄉之情更加翻湧。」這個插曲表現了鄉愁的真實狀態，即這種感情實際上沒有現實依據，而是由心而生的。

有關怎樣處理自己在移居生活中的感情問題，當代德國作家澤巴爾德（W. G. Sebald）的《移民》可以說是一部教科書。我在以後的文章中將不斷援引這本書。它由四個故事構成，故事一個比一個長，講述離鄉背井的四個男人怎樣在感情上掙扎生存，他們從完全失敗（自殺）到輝煌地成功（成為偉大的畫家）。這四個人都絕頂聰明，才華過人，但流亡和移民的經歷對他們的心靈造成巨大創傷，讓他們無法梳理、掌握自己的感情。第一個主人翁名叫亨利·賽爾文，已經年邁，從醫院退休後在英國東部的鄉下種一小片園子，他吃的菜果都由這個園子提供，但他已經跟妻子分居，過著孤身的生活。後來他常常去訪問澤巴爾德；兩人漸漸熟了，老人問澤巴爾德想不想家。但澤還年輕，還沒被鄉愁困擾，不知怎樣回答。亨利卻坦承自己近來非常想家，完全陷入鄉愁無法自拔。澤巴爾德問他家鄉在哪裡，亨利是這樣回答的：

他七歲時，他們家離開了立陶宛的格羅德諾城附近的村莊；那是一八九九年秋季，他父母和兩個妹妹——吉苔和拉嘉，還有叔叔裟霓，一起乘馬車去格羅德諾城；那馬車是車把式阿倫·

沃爾德的。後來好多年那次出走從他的記憶中消失了，他說但近來那些景物常出現在眼前。他說，我仍能看見那所我上過兩年的猶太小學，我離開時那個老師把手放在我頭上；我還能看見那所空蕩蕩的教室。我看見自己坐在馬車頂部，看見那匹馬的後臀，還有那開闊的褐色土地，看見農院裡的鵝群在泥巴裡伸著脖子，看見格羅爾德火車站裡燒得火熱的大爐子和四下躺著的離鄉的人……

你看，亨利根本就沒有家鄉，他所記住的只是些雜亂的碎片。可是就是這些碎片構成了他鄉愁的依託，成為他思鄉的根據。這不但可笑，而且幾乎是無中生有。然而，身為旁觀者，我們可以理性地分析，而當事人卻深深陷進這種強烈的情緒中，無以自拔，最終自殺了。從他的悲劇，我們應該學會理性地生活，尤其要自省，審視自己的感情，只有這樣才能生存得有條理，有意義。

其實，鄉愁不但能成為個人心理上的陷阱，也可以成為政治文化的陷阱。余光中先生剛剛去世了，大陸和台灣都將他以「鄉愁詩人」來悼念。大陸的中小學課本都收入他的小詩〈鄉愁〉，多年來他也被眾多讀者尊為愛國詩人，尤其在大陸廣受歡迎。但如果我們仔細讀這首詩，就會發現其內容遠非全是關於鄉愁。第一節：「小時候，鄉愁是一枚小小的郵票，／我在這頭，母親在那頭。」這種描述是真誠動人的，因為兒子與母親被迫分開了，對家鄉的思念是因為母親在海那邊。第二節就複雜起來：「長大後，鄉愁是一張窄窄的船票，／我在這頭，新娘在那頭。」我們要問，為什麼他的家庭被分散，即使有了船票也無法團圓；也可以說船票只是一種心願，求之不得，妻子無法渡海過來。總之，這個處境的確表現了獨特的歷史和個人的經驗。下一節鄉愁更複雜了，因為母親不在了：「後來啊，鄉愁是一方矮矮的墳墓，／我在外頭，母親在裡頭。」這種悲痛是因為失去了母親，而卻不能為她體面的送葬入殮，她的墳墓像只是一個土包。按常理，這種情形下鄉愁自然要變質——母親不在了，牽掛也不一樣了，也許也就不再晝夜難安了。可是，詩卻這樣結束：「而現在，鄉愁是一灣淺淺的海峽，／我在這頭，大陸在那頭。」我們不僅要問：家人都不在那邊了，為什麼鄉愁更強烈了？當然，詩人可能仍掛念墳墓裡的母親；即使這樣，鄉愁也不至於像以前那樣牽腸掛肚了。顯然詩尾的鄉愁被簡單化了，簡化成個人對故土的依戀，將母親與故土等同起來。

生前余光中先生常說：「大陸是母親，台灣是妻子。」這話說得有些迎合大陸的政治文化。如果是母親，她就是人，就該能移動，或者自己生活，或跟兒女住在一起，但孩子應該能給她養老送終。她去世後，也可以將她選葬於合適之地。你看，把一片無法移動的土地說成是母親是泛情之語，欠邏輯。如果說台灣是妻子，這個比喻也不甚恰當，因為很多婚姻都會破裂結束。台灣是余先生的家園，比婚姻關係更重要，更根本。真正的鄉愁應該建立在對親人的思念和牽掛上，而不是無謂地把地域變成親人。

愛國的條件

羅馬大詩人維吉爾（公元前七〇—一一）曾說：「如果賜足天年，我將是第一個人把繆斯帶到我的國家。（Primus ego in patriam mecum.....deducam Musas.）」這話說得既豪邁又謙卑。豪邁的是憑自己的才華和努力擴展了詩歌藝術的疆域，謙卑的是他所說的「國家」（patria）並不是羅馬帝國，而是指「父親的田園」。這就是拉丁語中「國家」一詞的本意。「Patria」是西方各主要語言中「愛國主義」的詞根，是愛國者們的共有的根據——

即家裡祖上留下來的那片田地。愛國就是熱愛自己的家園，也就是說家園是「國家」的核心，是愛國者們的最基本的共同點。

而漢語中「國家」一詞卻完全不同，它原有兩重意思。第一個意思：「國」是指「王侯之土」，而「家」是指「大夫的封地」；古書中的「國家」多是這個意思，如《孟子．離婁上》中：「人有恆言，皆曰天下國家，天下之本在國，國之本在家，家之本在身。」（趙岐注：國謂諸侯之國，家謂卿大夫也。）可見這個意思不包括普通的老百姓的家園，「國家」只是統治階層的領土和封地。「國家」的第二個意思是「朝廷」和「公家」，多少跟英語中的「state」吻合；如《梁書．賀琛傳》裡說：「我自除公宴，不食國家之食。」你看，「國家」一詞包括的都是統治階層的事物，原本與平民百姓沒有關係。然而，近代人們做愛國主義宣傳時，常常力圖把「國」跟平民百姓的「家」連在一起。韓戰時「保家衛國」的口號就帶有這種意圖，要把每個人的「家」跟「國」綁在一起。還有像〈中國自願軍戰歌〉所唱的：「保和平，衛祖國，就是保家鄉」，強調國家和每個人的家鄉不可分離。這都是騙人的話。當代漢語中「國家」之意仍舊比較模糊。《現代漢語規範詞典》是這樣定義的：「一，在一定的歷史階段中由固定的土地和人民組成，有一個進行管理的組織共同實體。二，指一個國家政權所領有的整個地區。」儘管這個定義說得不太明白，我們仍可以看出「國家」一詞其實跟普通公民的「家」沒有關係。如果單從字面取意，以為「國家」這兩個字裡包括你的家，那是一廂情願。

我們常聽到「國家興亡，匹夫有責」。其實，這話在漢語的語境中根據實在不足，因為「國家」原本跟平民的生計並沒有直接聯繫，它的興亡怎麼是匹夫的責任呢？但這話說得久了，就被人們視為愛國主義的定理和社會行為的規範。語言似乎有生產現實的能力。就像「葉落歸根」，雖然我們都不是葉子，也看不見自己腳下有根鬚伸展，但大家都這樣說，說著說著許多人就開始尋求歸根了。另如「才華橫溢」。我從沒遇見過哪個人才華多得都裝不住了，流瀉出來，但大家都這樣說，漸漸就信以為真了，以至於有的女生擇偶的標準竟要求對方「才華橫溢」。這樣的例子，漢語中比比皆是。

最早說「匹夫有責」之語的人是顧炎武（一六一三—一六八二）。面對明朝的滅亡，他在《日知錄》卷十三〈正始〉條中說：「亡國與亡天下奚辨？曰：易姓改號，謂之亡國；仁義充塞，而至於率獸食人，謂之亡天下……。是故知保天下，然後知保其國，保國者其君其臣，肉食者謀之；保天下者，匹夫之賤，與有責焉耳矣。」這段話簡括地說就是：「國家興亡，肉食者謀之；天下興亡，匹夫有責。」肉食者，乃王侯卿相也，國家跟他們的命運綁在一起，他們當然該為其經營謀略。近來有些人將上段話簡化成「國家興亡，匹夫無責」，這是對「國家興亡，匹夫有責」之語的反駁；此語是梁啟超加工整理出來的，他歪曲了顧炎武的原意。顧是身歷亡國之痛的人，參加了反清活動，但明朝亡國後，他還是作為一位學士生存下來，而且活得頗有尊嚴，成為清初大思想家，高壽而且著作宏富。他將亡國和亡天下分成兩種消亡，前者不過是「易姓改號」，並不至於毀滅平民的生計，而後者則是世間沒有了次序和法度，人人相殘，使得每個人都無法聊生。所以，天下興亡，匹夫有責。顧炎武在這裡要找到老百姓生計的最大共同點，即他們得以生存的底線。可以看出，在他眼裡國家並不是老百姓生存的根基，而「天下」才是。顧炎武的眼界超越了儒家以君國為中心的範疇，他考慮的問題更宏大，頗具普世性。

千百年來，亡國不過是「易姓改號」的心態也許給了老百姓不那麼愛國的理由，不把國家看得神聖——大宋跟大明沒什麼兩樣。這沒錯，國家的確是世俗的產物，沒有必要把它神喻化。朝代不斷更換讓平民百姓學會了不依賴國家生存，加上國家常常欺壓自己的人民，這讓普通人視亡國為常態，不過是「易姓改號」，與自己的存在無關。抗日戰爭時期，外國傳教士們常常納悶怎麼會有那麼多漢奸；這也許跟中國人傳統的國家觀念相關，即國家本質上與自己的生計沒有直接關係，是上層階級的事情。要真正改變這種觀念，要讓大眾發自內心地愛國，就必須使普通人認為國家是自己的一部分，國家的興亡直接聯繫到自己的生存狀態，讓「國家」二字裡真正含有普通公民的「家」。這不是幾條法律、幾個政策就能解決的問題，而是要在社會和文化（包括語言）上找到公民們最大利益的共同點，來作為愛國的基礎，就像主要西語裡的「愛國主義」一詞是建立在自家的田園（patria）上那樣。只有讓人們認為愛國就是愛自己，愛自己的家業，愛國主義才不會成為謊言或空話。

國家的神話

漢語中沒有country（國家）和state（國政）之間的區別，兩個詞義都融於「國家」一詞。中國的「國家安全部」英文的名稱是Ministry of State Security of the People's Republic of China。你看，這裡國家就是state（國政），就是共產黨的中國政府。列寧的*The State and Revolution*一書的中文譯為《國家與革命》。的確，要在漢語裡保持國家和國政的分離實在太難了。這是為什麼國民黨人過去常說「效忠黨國」，黨和國完全是一體，對黨的不忠，就是叛國。由於這種語意上的混淆，人們往往把愛國和愛政府混為一談，讓人從心理上分不清。既然漢語中不分「國家」和「國政」，我在此文裡就權且只用「國家」一詞，不然會越說越亂。

在大陸，這種混淆在文化的層次表現得更為強烈，甚至凶猛。由於宗教被取締了，大陸人民的精神生活變得單元化，人們的宗教情感無法宣洩，就將國家當作神來崇拜。很多人一聽到〈我的祖國〉那首歌就熱淚盈眶，還有人公開宣稱自己愛國無條件，也要求別人成為同樣的愛國者。他們的這種盲目的愛國感情，是源於心裡沒有神，也沒有更高的精神追求，可以說是心理匱缺。如果你是真正的佛教徒，佛祖和教義當然要比國家大得多。如果你是基督徒，教會當然應該比國家更廣闊，更久遠。如果你是真正的藝術家，你的藝術也一定要有超越國家的傳統和法則。我們讀《西遊記》時不需要知道吳承恩寫作的年代，更不需要知道當時的皇上是誰，因為文學有自己的規律和範疇，是大於國家的。

由於國家被神化了，人們一旦面對國家，就像遇到上帝，滿懷敬畏，只能俯首順從。這種現象古今中外都很普遍，原因是不能將國家視為世俗的存在，是由公民們自己創造的。我們忘記了國家也是歷史存在，它的生命不是永恆的，它的疆域也常常變化，而且這些都是人為的。讓我們再回到《移民》一書。書中的第二個故事的主人翁保爾·博雷特只有四分之一的猶太血統，但他師範學校畢業後納粹政府不允許他教書，他只能去法國當一位家庭教師。那時，納粹分子和他家鄉的居民已經開始摧毀他家的產業，並將他父母迫害至死。但一九三九年時納粹德國已經兵員匱乏，不得不徵用像保爾這樣只有四分之三日耳曼的血統的人。

保爾順從地返回德國，入伍參軍，當了炮兵，為納粹轉戰歐洲，打了六年仗。後來他的女友曼朵解釋說他那樣做因為他是徹頭徹尾的德國人，因為熱愛國家，保衛祖國是他的責任。然而，納粹已經毀滅了他的家庭，已經背叛了他，那他為什麼還要為納粹德國而戰呢？我想是因為他將國家神聖化了，心理上構成障礙，無法不聽從國家的指令。這是為什麼他後來恨自己，認為自己實際上屬於流亡者的群體。但他已經年邁，無法改變生活方式，就臥軌自殺了。保爾的悲劇不是個別現象，猶太人中有十五萬人之多加入了納粹德國的軍隊，其中有幾十人甚至成為高級將領，都曾為那個毀滅了自己族類和家庭的邪惡之國奮戰。在這些人的生命中，也一定多少會有保爾式的悔恨和悲劇意識。他們曾經盲目地活著，幹了傷害別人和自己的事情。

保爾的故事讓我沉思好久。我不得不面對這樣一個問題：如果國家背叛了你，你應該不應該背叛國家。對於那十五萬加入納粹德軍的猶太人，他們無論從情理和道義上都應該背叛納粹德國，與它作戰，把它消滅。這一點我想無人會反對，就是說，如果國家背叛了你，你有權也應該背叛國家。但那些猶太人的處境是極端的例子，大多數情況是國家並沒有直接傷害你和家人，但它仍在行惡，在傷害別人，這樣你該怎麼辦？

我想起索爾兄妹（Hans Scholl 1918-1943; Sophie Scholl 1921-1943）。他倆都不是猶太人，但看到納粹在迫害屠殺猶太人時，勇於站出來領導白玫瑰社員們一同散發反對納粹德國的傳單，在慕尼黑等地傳播反暴力、反希特勒的主張。不久他倆被蓋世太保逮捕，不到四天就被「人民法庭」判罪鍘頭。漢斯．索爾的最後一句話是「自由萬歲！」二戰後他們兄妹倆卻成為德國基督教反納粹的代表，成為勇氣的象徵，許多街道、廣場、學校都以他們命名。他倆成為德國人心目中的英雄，成為公認的「偉大的德國人」，因為他們沒像德國大眾那樣默默地隨從納粹強權，成為幫凶。索爾兄妹並沒有猶太血統，納粹德國並沒有直接傷害他們和家人，那麼是什麼促使他們反抗納粹德國？是他們內心中的正義、自由、平等的人類基本價值。他們並不是出於仇恨和報復，並不是出於個人的得失，而是出自個人的信念才從事反納粹德國的活動。在他們心裡有比國家更永久、更堅定、更強大的道義力量，所以他們的反叛意義更高遠，更令人尊敬。索爾兄妹的例子向我們說明，即使國家並沒有傷害你和家人，並沒有迫害你的族類，你也有反對、甚至背叛它的選擇。歷史上大多數的惡行都是以國家的名義製造的。「國家名義」是最血腥的詞彙。

英國文豪佛斯特（E. M. Forster, 1879-1970）說：「如果我不得不選擇背叛我的朋友還是背叛我的國家，我希望自己有勇氣選擇背叛我的國家。」的確，有時候我們不得不對自己說：你必須背叛你的國家，因為多數情況下國家是錯的，因為國家通常代表統治階層的利益和意志。回到漢語的語境中，當「國家」和「國政」完全融為一體，這種背叛意識更至關重要。如果我們要活得有尊嚴、有正義、有良心，我們必須要有背叛國家的選擇。

人權也是中華文化對人類的貢獻

大陸媒體一提起「人權」就把它說成是西方的專利，根植於帝國主義的意識形態。近年來在漢語中「人權」二字似乎逐漸跟中華文化脫離，甚至給人與其相抵牾的印象。我的從中國大陸來的學生們寫論文時，常常把「西方人權」與中國的「社會主義」價值觀相對立，彷彿人權完全是西方的產物，只代表西方的社會理念，不適應中國的特別國情。

遇到這樣的學生，我就讓他們去搜查一下張彭春，這樣也許他們可以明白中國也是《世界人權宣言》的始作俑者，也許能看清這個文件的成文過程跟帝國主義無關，而它力圖打破的正是西方的意識壟斷。為了更能說服學生，我找到哈佛大學瑪麗．安．格蘭頓教授的專著《一個新世界：愛蓮娜．羅斯福和世界人權宣言》（*A World Made New: Eleanor Roosevelt and the Universal Declaration of Human Rights*），閱讀一番，自己也好弄清張彭春代表中國在撰寫這個文件過程中的角色。

張彭春是了不起的人，一九八二年生於天津。一九一〇年來麻省伍斯特市的克拉克大學讀書，畢業後去哥倫比亞大學讀文學和教育學，與一九一五年獲得碩士。翌年回國任南開大學代理校長。一九一九年他又赴美讀哲學，在哥倫比亞師從大哲學家約翰．杜威，與一九二四年拿到博士。在紐約讀書期間，他熱中於戲劇，促使花木蘭在百老匯上演（一九二一年），廣受好評；他是第一個把花木蘭介紹到美國的人。雖然張彭春受到系統的西方教育，他本質上是民國的文人，是文化界的名流，熟讀經書，熱愛京劇。他的學生包括曹禺，也與胡適、徐志摩、梁實秋等人交往密切。三〇年代初他曾陪同梅蘭芳赴美國和蘇聯演出。抗日戰爭爆發後，他所在的南開大學被日軍轟炸侵占，他男扮女裝才得以逃離日軍占領區，去西南聯大教書。雖然沒有深重的黨派背景，一九四〇年他進入外交部服務，曾出任駐土耳其公使和駐智利大使，後來擔任中國在聯合國安理會和經社理事會的首席代表。

一九四七年初，聯合國經社理事會決定設立人權委員會，負責起草第一份有普世意義的人權標準條律，重新使兩次世界大戰後頹喪的世界能有共同和平相處的希望。羅斯福夫人被選為委員會主席，張彭春為副主席，黎巴嫩的查理斯·馬利克為書記。猶太人人權領袖李奈·卡辛也非常投入這個文件的起草工作。還有許多國家的代表也有所加入，但限於當時的國際形勢和代表們個人的智識和能力，他們並沒有深入細緻地參加起草。這個工程的真正的大腦是張彭春、馬利克、卡辛和加拿大的法律教授約翰·漢弗萊，尤其是張彭春和馬利克。張和馬都是學者，有不同的文化背景，又都來自非西方社會，他倆力圖把人權宣言做成真正對所有族裔和國家都可以接受的文件。張彭春認為這個宣言應該寬闊又平等，「既能反映孔子的思想，也能反映湯瑪斯·阿奎那的理念」。一開始各國的代表對草稿爭執不休，張彭春對他們說：中國是人類的很大部分，有著跟西方基督教完全不同的傳統和文化；中國人的理想是優雅的舉止和禮儀，但作為中國的代表，他不能把這些寫進人權宣言，因為大家要找到普世皆準的標準。他的說法得到人們的認同。

在討論宣言第一條時，馬利克開始強調自由、尊嚴、和平等是根植於「自然」的人權。雖然這樣避開了巴西代表提議的「上帝造人平等」的基督教說法，但張彭春等人認為「自然」之說不夠寬闊，不夠普世。他提出了一個讓委員會比較陌生的概念，就是「仁」，他用「心中有他人」的「二人說」來闡釋這個概念。「仁」就是意識到別人跟自己有同樣的慾望和需求，應當有同樣的權力。這個「仁」的理念得到大家的認同，所以宣言第一條有了定稿：「人人生而自由，在尊嚴和權力上一律平等。他們賦有理性和良知，並應以兄弟關係的精神相對待。」一位希臘代表反對在第一條就寫進「兄弟關係」這個說法，但張彭春堅持認為如果不開篇就寫進「兄弟關係」，整個宣言將太個人主義了。他的堅持得到大家的認同。這樣宣言就為人類提供了為仁為善的標準。這種表達是東西文化優秀的結合。其實，整個《世界人權宣言》說的就是一個「仁」字。

張彭春和馬利克常常爭辯哲學問題，基本占據了整個委員會的學術爭論。兩人有時針鋒相對，互不讓步，但他倆的交鋒使討論更加深入。張比較通達靈活，而且是「變通藝術的大師」。有時別人提出自以為是原創的想法，張彭春竟「能從容地從不同的古老文化歷史中拿出先例」，而且他常會找到各方都能接受的辦法，同事們很尊敬他。羅斯福夫人似乎格外願意接受他的想法。比如，他說的「以善治人」，「權力與義務不可分割」，《宣言》的敦促作用和「法律本身並不完全管用」等說法。張彭春在人權委員會後期脾氣不太好，常發火，主要是國內政局的巨變——北平失守了，解放軍揮師南下，他似乎明白自己將不得不流亡海外（他後來移居紐澤西，一九五七年心臟病去世）。但他和同僚們撰寫的《世界人權宣言》終於在一九四八年十二月十日被所有國家接受（四十八票贊成，〇票反對，八票棄權），從此成為人類公認的準則，也是全球維權人士心目中的指南。

那麼為什麼中共的喉舌們要把人權完全西方化呢？為什麼他們要放棄原屬於本國的軟實力的成就呢？因為《世界人權宣言》是一座燈塔，它的光芒能啟明公民的心智。統治者們害怕老百姓開智——明白自己應該跟別人一樣生活，於是喉舌們就宣揚人權與國人無關。就像有人把你的東西偷走了，還要堅稱它是別人的，你根本消受不起。

暴民與暴君

最近有幾件事展現了暴民的可怕。蔣勁夫家暴了日籍女友，把她打得滿臉烏青，打得「家裡都是血」。蔣本人事發後就公開道歉，承認自己的過錯。但據萬維新聞網報導，大陸有四十多萬網民點讚支持蔣勁夫打女友，因為那個女人騙了他好多錢，還跟別的男人鬼混。行凶者自己都認錯了，但愛國的網民們就是不買帳，認為那個日本女人該打。

十一月下旬（二〇一八年）台灣的九合一選舉結束了，民進黨丟掉了半壁江山，台獨的步伐或許會減緩一些。從大陸官方的角度來看，他們應該鬆了一口氣，至少美國打台灣牌不會像以前那樣順手了。可是，許多大陸的網民卻很失望，希望蔡英文繼續當民進黨主席，這樣武統就會早日實現。他們有的說：「小英，你怎麼能撂挑子呢？」有的說：「蔡英文，你不能走呀，台灣統一怎麼能沒有你呢？」他們都把國家的統一大業當做最高原則。

暴民比暴君更可怕。沒有暴君敢公開發表那樣的言論，因為暴君說話行事都以自己為中心，要考慮對自己是否有利，往往要面對公眾的關注，還要防範各種敵對勢力，不能讓自己成為眾矢之的。暴君多是自大的人，想當帝王，又不願留下惡名，雖然常常事與願違。而暴民們則不需要考慮這些，一旦聚到一起感情就變得簡單粗糙，根本不需要對個人的言行負責；他們利用別人來做掩護，隨意發洩自己的情緒。如果一件事做錯了，就由大家一同來承擔，可以把錯誤分化成無限份，自己的一份輕之又輕，構不成負罪感或過錯，完全可以忽略不計。暴民們像得了傳染病，一人失去理智，另一個就會跟進，很快大家就都捲入了野蠻的言行，個人平時的做事為人的原則就都拋擲腦後。大家一同起鬨或行動，互相打氣壯膽，即使觸及法律，也將法不責眾。

其實，暴民是暴君的人馬。叔本華說：「暴君和暴民是有如爺孫，是自然的聯盟。」暴君必須不斷培養暴民，才能維持暴政，但是暴民們通常並不直接受命於暴君，而是其終極的預備軍。暴君們往往在無法與對手按規則較量的情形下才啟動暴民，利用他們來威懾或消滅對手。慈禧太后明知義和團並非刀槍不入，但他們人多勢眾，可以用來對付洋鬼子。毛澤東無法按共產黨內的程序來打敗政敵，就發動文化大革命，以群眾鬥群眾的方式重新奪回權力。最近，習近平被同美國的貿易戰搞得舉措失當，有些像沒頭蒼蠅，就又拾起毛澤東利用暴民的方式，要重新搞階級鬥爭，還提倡發揚「義和團的愛國精神」，一時間文化大革命又要捲土重來。這些都表明暴君在危機時刻往往通過暴民的野蠻來展現暴政的本性。

暴民現象的本質是消滅人的理智，使人丟掉自己的信念和原則，與別人混為一體，一同作惡。每個人自己內心中都有暴民的病源，如果條件具備，就容易發作，即使聰明睿智的人也常會喪失自己。老舍曾寫過一篇關於鬥爭會的文章，名叫〈新社會就是一座大學校〉，發表在一九五一年十月的《人民文學》上，該文記錄了他本人突然間變成了暴民的經歷：

> 開會了。台上宣布開會宗旨和惡霸們的罪狀。台下，在適當

的時機，一組跟著一組，前後左右，喊出「打倒惡霸」與「擁護人民政府」的口號；而後全體齊喊，聲音像一片海潮。人民的聲音就是人民的力量，這力量足以使惡人顫抖。

惡霸們到了台上。台下多少拳頭，多少手指，都伸出去，象多少把刺刀，對著仇敵。惡霸們，滿臉橫肉的惡霸們，不敢抬起頭來。他們跪下了。惡霸們的「朝代」過去了，人民當了家。

老的少的男的女的，一一的上台去控訴。控訴到最傷心的時候，台下許多人喊「打」。我，和我旁邊的知識分子，也不知不覺的喊出來。「打，為什麼不打呢?!」警士攔住去打惡霸的人，我的嘴和幾百個嘴一齊喊：「該打！該打！」

這一喊哪，教我變成了另一個人！

我向來是個文文雅雅的人。不錯，我恨惡霸與壞人；可是，假若不是在控訴大會上，我怎肯狂呼「打！打！」呢？人民的憤怒，激動了我，我變成了大家中的一個。他們的仇恨，也是我的仇恨。我不能，不該，「袖手旁觀」。群眾的力量，義憤，感染了我，教我不再文雅，羞澀。說真的，文雅值幾個錢一斤呢？恨仇敵，愛國家，才是有價值的、崇高的感情。

具有諷刺的是老舍本人十幾年後在類似的情形下被批鬥，被毆打，最後投湖自殺了。上面一段文字表現了一個文化人怎樣跟暴民融為一體，失去了自我和理智。此時此刻的老舍不再是知識分子，也不是藝術家，反而變成了一介暴民。老舍描述的心理歷程也是眾多老一代知識分子們都有過的經歷——他們在同群眾結合的過程中喪失了自己，變成了野蠻人。

D．H．勞倫斯說：「每個人都有一個暴民式的自我和一個獨體的自我，只是分配的比例不同。」一個有教養的文明人應當珍愛自己內心中獨體的自我，盡力遏制心裡的暴民式的自我。即使身在暴民之中，也要努力做到冷靜，甚至袖手旁觀，敢於對群體說不。我們要珍惜自己內心獨具的空間，越是在瘋狂的人群中，越要能沉入內心深處，面對自己，思考自己言行的後果和責任。人貴在不群。

反對暴政必須從自己本身開始，做到不同流合汙，遠離暴民，做個有頭腦、有底線的人。人家都這樣做就會讓暴君失去可以利用的人馬。暴民是暴君的依託。暴民沒有了，暴君就無法生存，暴政也就會瓦解。

紙上生活

文學與不朽

「文學與不朽」是一個很嚇人的題目，但我們不得不面對。其實，不朽是文學中最古老的話題之一，也是一個永恆的話題。

所謂不朽是指人在肉體消失之後生命仍能延續下去。從廣義上說，不朽有兩種：宗教的和俗世的。宗教式的不朽指的是靈魂的不朽；基督徒死後，靈魂可以回歸天堂，生命還在繼續；佛教徒死後，靈魂可以超度，也可以輪迴轉世。

與宗教式的不朽相反，俗世的不朽多是社會性的和歷史性的，是指死去的人仍活在人們的心裡，仍在人世間留有蹤跡。壯士們保家衛國，捐軀疆場，留下英勇的故事；好官們築路，辦學校，建電廠，修水利；這些都是通向不朽的途徑。

對於普通人，還有另一種不朽可尋；用《伊利亞德》中的武士西泊洛可斯的話來說：「人像樹葉一茬接一茬，風將樹葉吹落到地上，但春天一來，活著的枝幹又發芽吐葉。」這個比喻是說人死了但還有自己的孩子，仍能通過子子孫孫而綿亙不絕。

藝術的不朽則不同，雖然也屬於俗世的範疇，但它基本上是個人的所作所為——藝術家的生命被溶入一件優秀的作品中，一旦這個作品成為某個傳統的一部分，它就呈現出永恆的生命，它的作者也就不朽了。

曹丕在《論文》中說：「蓋文章，經國之大業，不朽之盛事。年壽有時而盡，榮辱止乎其身，二者必至之常期，未若文章之無窮。是以古之作者，寄身於瀚墨，不假良史之辭，不托飛馳之勢，而名聲自傳於後。」

據我所知，在世界文學史上這是關於不朽的最精闢的論述。它強調中國社會文化中除了立功和立業之外的另一種追求，就是立言，就是文學創作。文學的功能不光是「興觀群怨」，它的另一個更重要的功能是「存」。真正優秀的作品能夠把人物的感情和思想鮮活地保存下來，使其傳之久遠，從而也使作者的名聲長在。這種「存」的功能是文學本身的力量，不依賴權勢，跟作者的肉體生命的長短也沒有關係。它還可以解釋作家寫作的動機。文學創作的目的不是為民請命，不是為誰樹碑立傳，也不是為人民服務，而是要在紙上不朽，要使作家自己的生命有所延續，使自己的「名聲自傳於後」。這是為什麼杜甫說「文章千古事，得失寸心知」。這是為什麼普魯斯特要在紙上追溯流逝的時光。我們的的古人從來不隱諱自己對不朽的思索和追求。他們常用不朽來作為衡量作品的尺度，讚美他人的作品時會說：「萬古千秋五字新」，或說：「不廢長江萬古流」。

比較來說，也許是由於缺少宗教上的精神寄託，中國古典作家對不朽的追索比西方作家更為執著。其實，西方作家一直在面對不朽這個話題。古典的就不說了。大家都知道米蘭·昆德拉的最後一部用捷克語寫的小說就叫作《不朽》，其中不朽成為像愛情和榮譽一樣重要的主題。

美國華裔詩人李立揚公開講：「我只需要一首詩來使自己不朽，但我還沒有這樣的詩。」有一回我聽見一位知名的黑人女作家興奮地對一屋子聽眾說，她的作品被一些大學用作課本了，這樣她就「相對的不朽了」。實際上，美國大學中的課本是常換的，是教師們個人隨心所欲的事。雖然，這位小說家不夠「深沉」，但她對不朽的追求溢於言表，那真是她的心事。也就是說，她在認認真真地寫作。

俄國小說家索忍尼辛的長篇小說《第一圈》中有一個有趣的片斷。兩位連襟——戈拉克霍夫和尹諾根倜——相聚在他們身為將軍的岳父家中；戈是大名鼎鼎的作家，而尹是眼光犀利的批評家。他倆談起文學，尹對戈說：

「我很喜歡你，所以不得不用我自己的方式來問你一個問題：你想過沒有——想沒想過自己在俄羅斯文學中的位置？畢竟你現在已經出了六卷全集，已經三十七了——在你這個年紀，普希金的生命已經結束了。你不存在這種危險。儘管如此，你仍無法逃避『你是誰』這個問題。你給予了我們這多難的時代哪些思想？當然了，除了那些由社會現實主義所提供的、無人質疑的說法之外。」

戈拉克霍夫臉上的肌肉捲起細小的漣漪，它們漂過他的面頰和額頭。「你戳到了我的痛處，」他說，兩眼瞪著桌布。「哪一個俄羅斯作家不曾想祕密地穿穿普希金的晚宴上衣，或托爾斯泰的襯衫？」……

戈拉克霍夫已經榮獲史達林文學獎了。下一步該做什麼？

真奇怪：他名滿天下，卻沒有不朽。

請注意索忍尼辛在此是用不朽來作為衡量作家的標準，而不是用什麼獎項，或什麼名氣。這個插曲說明作家們一般心裡都明白眼下的名聲往往是不堪一擊的。真正的作家必然要考慮如何達到不朽，雖然很少有人願意把機關說破。索忍尼辛在此也指出了怎樣才能獲得不朽，就是通過在俄羅斯文學體系中找到自己的位置。也就是說他間接地回答了杜甫的「得失寸心知」的問題。「文章千古事」，我們都明白這個道理，但憑什麼杜甫能那麼自信地說「得失寸心知」呢？憑的是他心中有個文學體系，憑的是用前人不朽的作品來作為衡量不朽的尺度。

索忍尼辛在他的自傳中說，在帕斯捷爾納克獲得諾貝爾獎之前，蘇聯作家們並沒聽說過諾貝爾獎。顯然，他們的文學有自己的天空和星座，憑自己的體系足以讓蘇聯作家們面對不朽這個問題。相比之下，現當代漢語文學還沒有形成這樣強大的體系。不過這沒關係，文學不是僅以族群和語言來分界的；契訶夫的小說不只是為俄羅斯的讀者寫的，也是為你寫的，也是為我寫的。你所最熱愛的作家和作品才是你真正的傳統。所以，每一個嚴肅的作家，尤其是青年作家，都應該面對不朽這個問題，都應該構築自己的文學傳統，都應該想像自己在該傳統中要爭取什麼樣的位置。如果不去這樣想，那就找不到努力的方向，而沒有方向的寫作則是沒有意義的寫作。

也許有人會說，不朽往往在不朽之外。文學史上的確有些作家憑一首小詩或一個短篇就做到名傳久遠。甚至有些不是作家的人也能偶爾寫出千古絕唱，比如漢朝的武將曹景宗輕易地就做出「借問行路人，何如霍去病」的雄壯之句來。美國作家雪莉．傑克森用一個小時就寫出了〈樂透〉那篇名著；她的書已經很少有人讀了，但就憑那個短篇她的其他著作從未絕版。還有的作家比較容易地就獲得了不朽的位置，並不是因為其作品卓越，而是因為他們出現的時機恰當，比如胡適和個別朦朧詩人便是如此。但對絕大多數作家來說，不朽只能通過艱苦認真的勞動來取得。實際上，「取得」這個詞並不恰當，我們往往努力了一生，也許到頭來仍一無所獲。也就是說，對不朽的追求倒更像是一場賭博。即使贏了，最終也不過是在圖書館的書架上占據幾寸或最多一兩尺地方，一年中有三、五個讀者翻翻你的作品。這也就是大多數優秀作家的所能企及的不朽了。真是「寂寞身後事」啊。多可笑，多可憐呀。

然而更可憐的是那些靠權勢和鑽營來維持自己作品的生命的人，他們把作品與作者的關係弄顛倒了。作家的生命最終只能靠作品來維持；如果作品什麼都不是，作者一死，就人走書亡。進入不朽之門只需要一種簽證，就是富有生命力的作品。其實文學創作是一種病，即使對作家這個職業頗富浪漫心的奈波爾也曾說過：寫作是瘋狂，是病態，是死亡。我們拿起筆來，面對的就是死亡。不過，我們仍要跟死亡賭博，夢想某個偶然的機會能讓自己贏一把。

美國女小說家薇拉·凱瑟（一八七六—一九四七）的墓碑上刻著這樣一句話：「那才是幸福——消融於某個完整並偉大的事物中。」我想這是不朽的更高境界。一個作家的作品一旦融入一個文學傳統，作家自身的名聲也就無關緊要了。他活在作品中。

（本文為在休士頓美南新聞大禮堂的演講，二〇一五年十月二十五日）

才能與成就

「學霸」這個詞在漢語中曾經跟「學閥」是同義詞，只是近年來這個詞有了新意，專指成績超人的學生。學霸們多會考試，記性好，能考入名校，人生中也就有可能「出人頭地」。而英文中則沒有與「學霸」對應的詞，往往以拉丁詞 summa cum laude 來表達成績最優異，不過這個詞通常只在履歷中使用。一般來說，人們並不把會考試看作是什麼才能。我來美國三十多年了，一直在大學裡學習和教書，從來沒考過試，也沒給自己的學生出過考卷。當年博士資格測試時，也就是寫三個小時關於福克納的《押沙龍，押沙龍！》的評論。老師們要檢查和斟酌你有沒有思考和批評的能力，表達得是否準確清楚。如果你沒有自己的見解，就很難獲得繼續讀博的資格。當然，許多別的大學的博士資格仍需要通過系統的考試來獲得，這完全由學校自己決定。

「學霸」對中年的人來說應該是個貶義詞；到了這把年紀，別人稱你為學霸，是因為你沒有別的成就，你曾經有過的才能是會讀書、能考試；就是說你曾經是個優秀的學生。如果說某個家庭的成人都是學霸，那給人的感覺是在貶低該家人，等於說全家都一無所成。有位哲人說過：「二十五歲前每個人都有才能，難的是五十歲後仍有才能。」才能就像肌肉，不常鍛鍊和使用就會枯萎。而「學霸」則是青春期學校中的現象，是以居於別的同學之上為前提的，是需要眾星捧月的。但當你離開校門，面對世界要用自己的拳頭打出一條生路時，這種青春期的才能已經排不上用場，你必須將它發展成為更持久、更強壯的才能。而長久非凡的才能往往與成就密切相關，相得益彰。

通常每個人都在某一方面有才能，但人們往往忙於生計，浪費或失去了自己的才能。我的學生中聰明伶俐的大多不會成為作家，因為他們有選擇的機會，可以做各種各樣的事情，其中許多工作比寫作更有意思，更有意義。而比較笨一些的人往往能寫出名堂，因為他們沒有選擇，用心比較專一，能夠在紙上消磨時光，也就是說能夠接受自己是個無法「成功」的人。弗蘭娜麗·奧柯納說「長篇小說家需要有幾分傻氣」，就是這個意思。其實，人的才能是有限的，才能再大也有一定量度，關鍵在於怎樣選擇運用自己的才能。一些曾經令人矚目的作家，很快就停筆做別的事情去了，像劉索拉和劉恆。他們都是優秀的小說家，但選擇去做音樂和影視，就自然中斷了文學創作。他們的才能使其在別的領域有所成就。如果他們不得不繼續寫小說，他們的文學成就肯定會更大。寫作是失敗者的事業，多才多藝的人往往躲而退之，這也是人之常情。每回大陸的作家協會要提升一些青年作家擔任官職，就會有不識趣的老作家們出面阻撓，說應該給中國文學多留幾個作家。這樣做的邏輯很清楚：一心很難二用，一旦做了官就可能放棄文學，至少無法全心全力地寫作了。

才能雖然往往與天資有關，但其中一部分也可以後天獲得。人們常說「讀書破萬卷，下筆如有神」，說的就是讀書是獲取才華的途徑。不過，這話其實只能描敘寫作時某個高潮的時刻——作者的精神、體力、知識都恰好處在最佳狀態。一個病弱昏沉的人，不管學問多大，也寫不出勃發激揚的文字。我常猜想托爾斯泰和契訶夫到底讀了多少書，可以肯定我們中許多人比那兩位文學巨匠讀了更多的書，但沒人寫出了他倆的那樣偉人的作品。就是說寫作與讀書多少並沒有直接關係。其實，有些書讀多了對寫作有害無益。大陸作家李陀就公開說自己原本想專心去寫小說，但讀了許多年文學理論，讓自己「誤入歧途」，沒能在小說創作上有更大收穫。作家最寶貴的財富是自己「生鮮的能量」（fresh energy），這種能量只能產生在生命旺盛之時，應當用在真正的創作上去。就是說好鋼要用在刀刃上，創作要趁早，不要等到滿腹經書卻下筆無力之時。

一般來說，作家的閱讀應該是寫作的輔助，凡是作品需要的書籍就該毫不保留地研讀，跟作品關係不大的就不必精通。作家的學問最好是在寫作和研究的過程中積累和發展起來。比起學者們，作家更應當學會「小學大思」，因為作家是實踐者，他們最終的價值是以其作品來確定的。能做到「大學大思」的人非常少，多數學者們都是「大學小思」，大陸的學者們很多則是「大學無思」，因為那裡的政治和文化環境阻礙壓抑了人們的思想。從長遠看，「大學無思」跟「無學無思」等同，同屬於浪費生命。

所謂「小學大思」是指眼界和雄心要大，學問不夠可以在寫作的過程中不斷地補上去；原則是不能偷懶，不能摻水，該做的功課必須做，而且一定要做徹底。高爾基曾說：「一個人的才能的發展與他的雄心成正比。」也就是說抱負越大，才能就提高得越快，就會越發壯大。這是作家們發展自己的一條途徑。

教創作的人都知道技藝可傳，但眼界難授，甚至不可教，而作家最終的發展是由眼界決定的。不過，我還是試圖讓自己的學生們在眼界方面有所擴展。我常用「偉大的幻覺」來形容寫作時應有的心態。就是說你應該學會「騙自己」，幻想如果這部書寫成了，你就將成為偉大的作家，這樣就會給你吃苦耐勞的勇氣和動力，逼你無論怎樣也要完成作品。有了這種心態，你就會被某種偉大的情緒所籠罩，而這情緒的長久持續將增進你的成就。當然，最終你的作品可能只是平平之作，但這種偉大的幻覺會讓你走得更遠，以致超越自己。而作家的發展就是在不斷超越自己的過程中漸漸進行，最終達到卓然而立。

你的讀者是誰？

曾有朋友問我怎樣才能抓住美國讀者，我回答說這個問題並沒在我的寫作中出現過，因為我心裡根本就沒有特定的讀者。由於我一開始是寫詩的，我的讀者意識也多少是詩人式的。英語詩人很少在乎讀者。約瑟夫．布羅茨基（一九四〇－一九九六）常用「真空」（vacuum）一詞來指讀者。想想看，在你說話時面前空無一人，這就是「真空」，就是說詩人面對的是零讀者。羅伯特．科利爾（一九二六－二〇〇五）在〈不誠實的郵遞員〉一詩中表達了類似的讀者意識。他說：「那首最卓越的詩對無人的空間說話——這是必備的勇氣。」顯然，在布羅茨基和科利爾的心目中根本沒有讀者，他們只考慮詩作本身，相信作品憑自身的力量能找到讀者。所以，「目中無人」是英語詩人寫作的一個基本原則。

詩人約翰·貝里曼（一九一四—一九七一）在一個採訪中被問及他「為誰寫作」？他回答說：「為你所熱愛的、已經死去的人寫作（for the dead you love）」。他是在說自己心裡有理想的讀者，即使這種讀者不存在當下。貝里曼熱愛十七世紀的美國詩人安·布蘭德斯璀特，視她為「怨姐」（Bitter sister），他甚至在有的詩中直接對她傾訴。他的這種讀者意識更複雜些，要超越時空以追求直接的理想讀者——就是那個想像的「你」。同時，這種做法也將讀者植入詩中，使作品本身擁有直接的傾聽者，而我們作為一般讀者只能「偷聽」他對「你」說話，就是說我們是終極讀者。其實，這是詩歌中傳統的做法，大部分抒情詩裡都有直接的傾聽者，只是傾聽者大多活在當下。這種詩人的基本姿態是不在乎我們這些終極讀者的，只跟詩中的「你」溝通。

批評家托馬斯・艾略特說讀者並不僅僅存在當下，也存在於過去和將來。這種說法表達了另一個文學觀念，即讀者是縱向的，而不只是橫向的（當前的）。也就是說真正的文學作品會對過去、現在和將來的讀者都有影響。現在和將來的讀者我們不難理解，因為如果作品足夠優秀，就可能比作者活得更長久，也會擁有將來的讀者。那麼現在的作品怎樣影響過去的讀者呢？艾略特著名的〈傳統與個人的才能〉一文中說一部優秀的作品一旦出現，整個文學傳統都將變動以接納這部新作品，這樣新的作品也修改了傳統的作品。由此作家寫作往往也會意識到對過去的作者和讀者的影響。

艾略特是從批評家的角度來談論讀者的構成，而作家們在寫作過程中通常做得更直接。我的導師，以色列小說家阿倫．阿珀爾費爾德（Aharon Applefeld），一九九二年在波士頓大學教小說寫作時告訴班上的研究生們：「你寫作時，必須同時讀一本偉大的老書。」當然多數同學並沒有遵循老師的教諭。我想一部古老的書不但可以成為你風格和精神的輔助，也能讓你找到直接的讀者，那就是自己心目中的偉大作家。這個做法就是要在寫作時建立直接的理想讀者。從我個人的經驗來看，這種理想讀者其實也有實用的一面。一般來說，我們無法認同書商們相信的特定讀者，因為誰都拿不準自己的書能被什麼人喜歡。「特定讀者」在實際運作中是變換無常的，根本不靠譜。但理想讀者則不然，特別是當你把一位偉大的作家當作直接的理想讀者時，就會想像出一個基本固定的讀者群。想想看，每一部偉大的作品後面有多少已經被時間驗證了的讀者。我們當然渴望自己的作品能抵達那些偉大作品後面的讀者，因為他們是最優秀的，最久遠的，也是應該是我們終極的理想讀者。我想這才是阿珀爾菲爾德老師的教諭的真諦。

因為我用英文寫小說，讀者的問題也更複雜些。在具體操作的層面，雖然心裡沒有特定的讀者，我還是需要某種抽象的讀者。這種讀者可以概括為「英語耳朵」——我必須清楚「英語耳朵」能聽懂多少外來的語言成分，這樣我才能在行文中加入一些漢語的因素，好使自己的風格與眾不同。但這種做法並沒有規矩可循，只能具體地按個例處理。總的來說，我是在沒有特定讀者的狀況下寫作的。

這種寫作也是以理想主義為前提的。我的另一位導師，萊斯里．艾珀斯坦（Leslie Epstein），曾經告訴我們：「一本書，只要寫得好，就會有人給你出版；也許沒有商業出版社給你出書，但總會有人出的。」一九〇年代初，我還沒有寫美國題材的能力，只能寫中國。我的第一部短篇小說集《好兵》被十多家商業出版社拒絕過，他們的回話常說書寫得很好，富有詩意，但他們看不到市場，只好放棄。連我的中間人也對我失去了信心，我只能自己把書稿寄往獨立的小出版社，最終由一家早已倒閉了的名叫Zoland Books的小出版社接受出版了。記得有一次在一家書店朗讀售書，因為出版社太小，書店不進《好兵》這樣的書，我和另幾位作家只得自己攜書前往。我的一位寫長篇的美國朋友——查理斯．莫可奈——笑著對我說：「你怎麼寫了這樣一本書？誰買呀。」的確，根本沒人買。出於可憐我，查爾斯就買了一本。那次我只賣掉一本書。可是第二年《好兵》獲得了海明威小說獎，接著被美國最大的平裝本書商 Vintage Books 發行。多年來此書重版多次，仍有許多讀者。

其實，我的頭三本小說（包括《光天化日》和《池塘》）都是在心中沒有讀者的狀態下寫的，都是由小出版社發行的，初版都是在一千五百和三千本之間，但這三本書都獲得了同行的尊敬。也許正是這種沒有特定讀者的心態才使作品變得純粹。多年來，如果做不到「目中無人」，我起碼要在心有直接的理想讀者之時才動筆。

小眾與大眾

我十分崇尚白居易作詩的原則：「老嫗能解」。由於他的詩比較直白，清澈透明，不為難讀者，也便於傳播。元稹在為他的詩集《白氏長慶集》寫的序中說：「二十年間，禁省、觀寺、郵候、牆壁之上無不書，王公、妾婦、馬走之口無不道。繕寫模勒，炫賣於市井中，或持之以教酒茗者，處處皆是。」白居易在世時就有遍及朝野的超級粉絲，其中有人竟把白詩刺滿身上，並配有刺青的圖畫。但白居易本人並不認為自己是天下第一詩人，他崇拜李商隱，常說死後能成為李商隱的兒子就知足了。李商隱恰恰跟白居易相反，以深奧晦澀的詩句著稱，屬於小眾詩人。

由於白居易的詩直白易懂，易於翻譯，他在別的語種的讀者也很多。著名漢學家阿瑟・維里（Arthur Waley）最喜愛白居易，遠超過李白和杜甫。白居易如果活在當代中國大陸，一定會成為文藝標兵和模範作家，因為他的作品的確是為人民大眾喜聞樂見的，在精神上也是為人民服務的，跟〈在延安文藝座談會上的講話〉制定的文藝方針相吻合。當然身為作家，我們都渴望有白居易那樣的不朽成就和家喻戶曉的名聲，但文學創作並不這麼簡單。它有內在的要求和原則，偶爾也與大眾的情趣相抵牾。

可以說，奈波爾（V. S. Naipaul）在本質上類屬於白居易式的作家，風格上力求直率清澈，雅俗共賞，以擁有眾多的讀者。他常說自己追求的風格是「沒有風格」，就是說力爭人人都能讀懂。但就是這樣一位以明晰著稱的大師，也會不得不在大眾與小眾之間做出選擇。他的代表作《大河灣》中有這樣一個插曲：主人翁薩利姆跟一位白人少婦伊薇特私通了三、四年，後來發現那女人不過是在利用他，好使自己更性感，更能喚起丈夫對她的性趣。薩利姆作為男人的自尊心受到傷害，他暴打了伊薇特，兩人從此就分手了。後來薩利姆跑到倫敦跟自己印裔朋友的女兒柯莉莎訂了婚。訂完婚他就返回非洲去甩賣自己的小店鋪，好盡快來英國開始新生活。但在布魯塞爾轉機的時候他卻去了一家妓院，與一個白人妓女廝混了一陣。然而，這段經歷並不讓他開心，他甚至很掃興。薩利姆作為小說的敘述人根本不解釋為什麼他要這樣做，只是不動聲色地說：嫖娼這件事「既短暫又沒有意義，但它讓我安下心來。它沒有減低我在非洲那段經歷的價值：那不是幻覺；那仍是真實的。它也消除了我對跟柯莉莎訂婚的疑慮，雖然我還沒親過她呢」。

《大河灣》我教過十幾次了，每回我都要問班上的研究生和本科生們為什麼薩利姆剛訂婚就去那家布魯塞爾的妓院嫖娼。至今還沒有任何學生給出令人信服解釋，大家都找不到頭緒。就是說，對於一般讀者這插曲是個謎，很難跟整個故事的情節聯繫起來。我也是讀了幾遍才弄清楚的。其實，這段插曲與整個小說的主題密切相關：薩利姆拿不準自己跟伊薇特那段火熱的韻事是源於自己愛上了她，還是愛上了她的金髮碧眼和白皮膚；如果是後者，那就麻煩了，因為他未婚妻的皮膚是棕色的；所以他要去一家歐洲妓院跟白女人廝混，好弄清自己的感情的淵源和本質。這對於他個人的感情發展也許是必須的，至少其結果對他的心理頗有裨益，讓他得到安撫。他終於明白了，歐洲白人妓女跟非洲黑人妓女沒有什麼區別，自己對伊薇特的戀情是發自內心，是對她本人，而不是對她的膚色。有了這樣的認識，他就消除了對自己印裔未婚妻的疑慮，知道他倆最終能夠相依相愛，共建家庭。

作為崇尚清晰直率的大師，奈波爾當然知道如此處理這個插曲可能會使故事晦澀，讓大多數讀者摸不到頭腦。那他為什麼不把這個插曲的意義說明白，讓普通讀者都能理解呢？如果把它說透，作品就可能失去厚度和複雜性，就沒有了幽邃的層次，可能會流於淺薄。顯然，奈波爾絕不降低自己的藝術標準來取悅廣大讀者，在大眾和小眾之間他先擇了後者。他考慮的是作品本身的法度和要求，而不是爭取人人都能理解。就是說，雖然他渴望擁有眾多的讀者，但他從不降低自己的藝術標準來取悅大眾。當他聽說自己獲諾獎時，一位記者問他有什麼感想；奈波爾說自己寫了一輩子，這是頭一回有了運氣。由於遏守自己的文學標準，他的確運氣不佳，獲諾獎之前他的書從不暢銷。

許多偉大的小說家都曾面對那種奈波爾式的選擇，但他們總是不降低自己藝術標準，不給讀者輕鬆的閱讀經驗，彷彿標準放低就是對最優秀的讀者們的侮辱——不相信他們的智力。納博科夫、亨利．羅斯、喬伊斯等人都是這樣「從不放下身段」的作家。納博科夫利用自己對多種語言的掌握，常在小說中讓英語展現出別的語言的回聲和參與；讀者要真正理解其中的奧祕和幽默，需要知道諸種語言；但納博科夫從不解釋，完全假定讀者和自己一樣精通多種語言，能不能理解完全是讀者自己的事情。喬伊斯甚至有些走火入魔，在風格和文體方面的試驗使他的晚期作品無法卒讀。我沒見過誰讀完《芬尼根守靈》，然而喬伊斯卻被很多人推崇為二十世紀最偉大的小說家。

也許大多數作家都渴望擁有白居易那樣眾多的讀者和名滿天下的聲譽，但他們面對作品本身的需要和藝術準則時，他們通常不會考慮大眾的，也不在乎「老嫗能解」，彷彿只有這樣他們才能創造出不朽的藝術。對他們來說，真正的文學是小眾的。

飢餓與寫作

我從來不鼓勵我的學生當專業作家，因為寫作是不正常的職業，不但風險大，而且多少有些變態。奈波爾在一次訪談中說：「寫作是病態，是瘋狂，是死亡。」以前他常說寫作是崇高的職業，但這回卻吐出真相，竟然表示對寫作這麼厭惡。乍看這有些匪夷所思。「病態」和「瘋狂」都不難理解，往往是天才的標誌。但為什麼說寫作是「死亡」呢？我想奈波爾可能是指寫作不斷消耗生命，整個過程是在跟死亡賭博，而且結果總是難測的。

然而無論如何，作家們還是要寫下去。這跟他們的內心需要有關，是要滿足自己內心的飢餓。最能表達這種藝術創作心態的作品是卡夫卡的短篇小說《飢餓藝術家》。那位藝術家在生活中完全不中用，是失敗者，甚至沒有自己能吃的並喜歡的食物，唯一能讓他與人不同的是他能禁食，而且能夠通過禁食來滿足自己的飢餓。由於具有這種獨特的天賦，他就成了飢餓藝術家，參加各種禁食比賽，而且能夠每每勝出。最後一次禁食時，他完全進入忘我之境，打破了紀錄，但沒人知道，他本人也不清楚自己已經禁食了多久；冠軍的名聲對他早已沒有意義——他早就沒有對手了。最終人們發現他已經奄奄一息，但還在表演，就把他拖出籠子，好騰地方給一隻生猛的豹子。當有人問他怎麼還在禁食啊，他卻嘟囔說：「請相信我，如果我能找到可以吃的食物，我絕不做這樣的事。」當然，有人相信他，可是大家都不理解他，認為他不是有病就是瘋了。

我的研究生們多是謀生有道的。他們有的會五、六種語言，有的已經事業有成，但就是喜歡寫作。我總是說除非你覺得寫作是你存在的方式，就不要決心永久、全力地寫下去。我說這話時心裡總想起《飢餓藝術家》，當然不能跟學生們提起。否側會太讓他們掃興，我身為老師不能給他們潑冷水。

我覺得寫作是在滿足自己內心的飢餓，是因為找不到別的方式來減緩這種飢餓，所以就寫下去，可以說這是種病態。雖然這樣認為，從理性上講文學其實跟飢餓也有內在關係，因為飢餓跟藝術有不解之緣，也是寫作的動力。契訶夫早年寫了大量的超短篇小說，都是為報紙寫的，從來都是一揮而就，有時一天寫兩篇。他賣掉稿子後，拿到錢就去為家人買麵包。他祖父是農奴，家人們仍有農奴的性情，閒散懶惰，靠契訶夫賣小說支持他們。契訶夫對他們不滿，但他性情寬厚，仍挑起支撐全家的擔子，同時他也知道自己身上仍有農奴的品質。他後來告訴一位朋友：「我一滴一滴擠出了自己農奴的血液。」他是在說通過藝術創作，自己的心靈也獲得了昇華，心境也高貴起來。

他給報紙寫了好幾年小說，身邊的朋友都看不起他，他自己也習慣了白眼。但一八八六年春季契訶夫收到了格里高若維奇（D. V. Grigorovich）的來信，從此漸漸改變了他的寫作態度。格里高若維奇那時六十四歲，是俄國文壇的重要批評家。他讀到契訶夫的短篇小說《獵人》後，就寫信給二十六歲的作者，告訴契訶夫：「你有真正的才華——這才華使你站在新一代作家的前列。」同時，老人也責怪契訶夫不珍惜自己的才華，沒把它用到更雄心勃勃的寫作上去。他勸契訶夫少寫，慢寫，要更注重作品的文學質量。最後格里高若維奇說：「我不清楚你的狀況。如果你的收入很小，那就挨餓，就像我們都是從挨餓開始的。」

契訶夫回了一封長信，說自己激動得快哭了。他接著說：「您可以想像您的信對我的希望和雄心意味著什麼。它比任何文憑都貴重。對一個剛開始寫作的人來說，它足以獎賞我當下的成績並鼓勵我的將來。我好像有些暈眩。我無力確認自己是否配得上這樣高貴的獎賞；我只想對您重複：它深深感動了我。」契訶夫坦承自己從沒認真地寫作，就連格里高若維奇喜歡的《獵人》也是自己在一天游泳時的間歇之間寫的。他接著說：「所有我親密的朋友們從來都看不起我寫的東西，好心勸我別寫下去，去做正經的營生。在莫斯科我有幾百個朋友，其中二十餘位是作家，但我想不起任何人讀過我的作品後說我是藝術家。莫斯科有一個所謂的文學圈子，各種各樣的天才和庸才每週在一家餐廳的雅間裡聚會，搖動唇舌。我如果去那裡對他們讀一段您的信，他們一定會笑掉大牙。」不過，契訶夫保證一定把自己從截稿線上解放下來，好給作品更多的時間和更高遠的意境。但他又說眼下還不能這樣做（這才是真正的契訶夫！）：「我並不在乎飢餓，因為我挨過餓，但我無法讓家人也挨餓。」的確，直到三十多歲後他才進入了他小說寫作的黃金階段，才動筆寫他後期那些不朽的、篇幅頗大的短篇和中篇小說。

一九九二年我第一回讀到契訶夫的信，同時想起了卡夫卡的《飢餓藝術家》，意識到原來飢餓跟寫作有著近乎天然的聯繫。那時我已經在美國生活了七年，已有妻兒，自然聯想到自己的處境。無論如何我不可能讓家人挨餓來成就自己的藝術，雖然自己內心的飢餓只有通過寫作才能滿足。但我在美國一直做工，看得明白很少有人挨餓。只要你身體健康能工作，不吸毒，不犯罪，就不必太為衣食擔憂。就是說我不存在著契訶夫那種挨餓的境遇。既然不會有肉身的飢餓，我就應當有勇氣去滿足內心的飢餓，就要一直寫下去，把生命的一部分消耗在紙上。如今我寫了三十多年，只希望心裡仍能湧起長久、新鮮的飢餓，仍像一位剛剛開始的寫作者。

藝術塑造現實

儘管小說是虛構作品，讀者仍常常要在其中找到與現實中對應的事件或人物。《等待》出版後，我有一回去紐約上州的一所大學講演，會後有一場簽書活動。一位卞姓的華人女教授買了我的兩本書，然後坦白說她來聽我的講演就是要看看我是否像《等待》的主人翁孔林，如果是一樣，她堅決不買我的書。類似的「對號入座」的情況時常發生。有個我已經認識了好幾年的朋友，甚至也問我太太我是否與孔林相同；太太回答說：「哈金可以成為各種各樣的人。孔林只是他創造的一個人物。」通常如果讀者當面問我同樣的問題，我就說：「我沒有孔林那麼善良。」《等待》的主題之一就是一個善良懦弱的人，出於憐憫和好意，怎樣漸漸毀掉了自己和身邊的親人。

在《南京安魂曲》中我描述了《紫金山晚報》上的一篇詆毀明妮的文章。這個細節是虛構的，報紙的名字也是虛構的，完全是為了故事的需要；我唯一的根據是明妮在日記中提到又有人在報上敗壞在南京的美國人。但大陸媒體經常提起我虛構的這個細節，將其當作事實，許多讀者也這樣認為。在小說的倒數第二章中我虛構了一組愛麗絲寫給金陵女子學院的信，是刻意用比較老式的英語寫的；在編輯出版期間，出版社的律師要我出示原信和出處，我說：「連愛麗絲都是虛構的，哪兒來的原件啊！」文字常常給人有現實根據的印象，讓人總想順藤摸瓜找到真人真事。其實，藝術中的真實只是一種印象，是創造的。

喬治・歐威爾說：「所有的藝術都是宣傳」；他指的就是這種藝術可以影響塑造現實的功用。藝術和現實之間有很大距離，但人們在心理上渴望縮短以至取消這種距離，從而就給了藝術特有的力量和塑造現實的可能。毛澤東說過：「槍桿子，筆桿子，幹革命就靠這兩桿子。」共產黨是深諳藝術的宣傳之道的，而國民黨敗給了中共主要是失敗在筆桿子上，被共產黨在大陸搞得怨聲載道，人心散離。我的朋友劉禾的專業是現代中國文學，在一次訪談中，她談到文學怎樣塑造了革命運動中的現實：土改時有的村子裡並不清楚共產黨的方針政策，他們就按周立波的小說《暴風驟雨》中的描述來鬥地主、分田地。

中共建國後許多政治運動都是從文藝入手，然後再向全國展開。像毛澤東在五〇年代初發起的批判《武訓傳》的運動，和六〇年代初批判《燕山夜話》的運動，後者把好幾位文人打成了反黨集團，奏起了文革的先聲。毛澤東有《水滸》情結，他頭半生十分喜愛梁山好漢，也許這與中共當時的草莽身分有關，在情感上毛更能接近農民起義的領袖。他在文章和演說中時常提起梁山的英雄和事件來說明當時的局勢和方針。宋江三打祝家莊被他用來作為唯物辯證法的成功運用——只有從調查摸底入手才能掌握敵情，才能打勝仗。共產黨執政後，毛常提起武松，因為武松是打虎英雄，全國人民都要像武松那樣，不怕美帝國主義，勇於痛打那隻紙老虎。後來到了文革後期，毛對《水滸傳》的態度變了，尤其是對宋江，因為「《水滸》只反貪官，不反皇帝」。他還說：「《水滸》這部書，好就好在投降，做反面教材，使人民知道投降派。」後來，他發動了批《水滸》運動，旨在打擊周恩來、鄧小平等「修正主義者」。當時全國上下批宋江，也就是批判周恩來。文學人物宋江原本是虛構的，但毛將其當做一個反面的符號，作為靶子，多少是因為無法直接點名周恩來；毛要以宋江作為反面典型來激起大眾的革命熱情，重新塑造中國社會，以保紅色江山永不變色。一部《水滸》竟然為他提供了行動的根據和指南。

近年來《亮劍》這部電視劇在大陸十分紅火，主要是因為它塑造了一個敢說敢為的人物李雲龍。李把他的隊伍都培養成了「敢於亮劍」的戰士。「亮劍」是指與敵人相遇時，即使明知打不過對方也要拔劍相迎，就是說寧願戰死也不能被敵人嚇退。習近平跟毛澤東一樣，有文藝情結，喜愛文學，只是缺乏毛的詩人情懷和謀略。最近在同美國的貿易戰中，大陸媒體常常以「勇於亮劍」來激發老百姓和小粉紅們的鬥志。實際上，這是毛式思維的新版。如果你手中拿的只是一把木劍或鈍鏽的破劍，最好還是不亮為好，不要輕易地讓自己的人被敵方砍倒。一位英明的領袖首先要為人民和國家忍辱負重，把大眾的福祉時刻掛在心頭，而不是虛張聲勢，任性出擊。由於跟美國的貿易戰，中共盡顯現無人才可用的窘境，所以最近大陸也颳起了任用「李雲龍式幹部」的旋風。天下並沒有李雲龍，他只是一個文學人物；可能作家在創造這個人物時有某個生活中的原型，但作為藝術人物，李雲龍已經與現實遠遠地拉開距離，只是一個形象。現在反過來以創造出來的人物去現實中尋找類似的官員，這完全是驢唇不對馬嘴。

本質上，「勇於亮劍」和「尋找李雲龍」是把藝術中的人物和事件與現實畫等號，都是出自模糊的觀眾意識。對於一般藝術作品的消費者，這並無大礙，也屬正常。可是一旦藝術進入社會政治領域，人們還是應該堅持藝術與現實的距離，不能肆意用藝術來衡量和塑造世界，那樣會製造出各種各樣的禍亂和災難。反過來說，偉大藝術可以照亮生活，也可能改造現實，讓人們發現生活應該是怎樣的，看清現實與理想的差距，得以自新。然而這種改造只能在個人的心靈中展開，在私人的空間裡潛移默化。

文學的結構

文學是有等級的，而且這個等級是長期形成的，仍然根深柢固。你看美國少數族裔的文學，其大部分是由非虛構類構成的，多是回憶錄和傳記，這種非虛構作品是文學的底層，是最低檔次的。這也是少數族裔文學不像主流文學那麼壯大的原因之一。

就傳統而言，詩歌占據文學的最高層，是頂尖，因為詩歌代表了一個語言的最高成就，也是其精華。這是為什麼，有的詩人單憑三兩首短詩就足以建立其重要作家的位置。優秀的詩作一經出現就會豐富其語言，最終成為它的一部分。像李白、杜甫的一些詩句常常出現在人們的言談中，雖然我們並不總是意識到它們的淵源。對語言的貢獻決定了詩歌的文學頂層的位置。

其次是戲劇。在印刷術還不流行的時代，戲劇是主要的公眾娛樂形式。節日、祭祀和勞作休閒期間，往往上演戲劇來慶祝或紀念。所以，傳統文學結構中在詩歌之下就是戲劇。後來紙和印刷術流行，中產階級，特別是婦女，有了更多的時間閱讀，小說漸漸就成為私人的娛樂形式，也漸漸取代了戲劇的位置。如今我們可以說小說占據了詩歌之下的主要位置，也可以代表文學的主要成就。

小說基本可以分為短篇和長篇。英語小說家通常以長篇來衡量自己和同行們的成就。如果某位作家只寫過優秀的短篇，他們常會說「他並沒寫出長篇」。大學雇用作家一般多是長篇小說家。這點與華文世界不同，我們一般不嚴格區分短篇小說家和長篇小說家，但美國讀者在這方面涇渭分明。記得有一回跟一所重要大學的教務長見面談一份工作，他直言說自己對短篇小說不感興趣，從來「也不買短篇小說集」。原來我所在的埃默里大學的一位校長曾與我們分享了他的二十五個美好願望，其中一條是「雇用一位有全國名聲的長篇小說家」。他強調長篇小說家（novelist），因為短篇小說家屬於另類作家。

這種區分看上去有些市儈氣，似乎光從銷量和知名度來衡量作家。實際上，長篇寫作對作家的腦力和體力要求更大。試想《戰爭與和平》這部巨著，托翁和他夫人要有多大的腦力才能容納整部小說於心中，才能來修改和編輯。索菲亞一直是她丈夫的小說編輯，光《戰爭與和平》就手抄了八遍。這種心力和體力的勞動也是長篇小說位置高於短篇小說的原因之一。不過文學史上有許多重要作家完全是以短篇小說立身的，比如契訶夫和魯迅。更有甚者，有的作家單憑一兩個短篇就在文學中占有永久的位置。例如一九四八年晚春的一天上午，雪莉・傑克森用了不到兩小時就寫成了短篇小說〈樂透〉，並寄往《紐約客》。幾個月後該小說一經發表就引起轟動，漸漸成為經典。這篇小說後來被拍成電影和電視劇。如今可以說，任何權威的英語短篇小說選集都必須選入這篇小說。結果，傑克森的作家生命也完全依賴這篇小說，她的全部作品都不斷重印，從沒絕版。這是個絕佳的「一兩頂千斤」的例子。

短篇小說也有其獨特的功能。一篇優秀的短篇如果能不斷收入選集和課本，就會使作者擁有新的讀者，而且大多是年輕的讀者，這樣作家就有了更長的生命。但這只是最理想的成就，一本選集通常也就三、四十篇作品，要永久在這樣小的空間占據一個位置，十分艱難。像村上春樹和石黑一雄那樣的優秀作家，雖然在長篇上卓有建樹，但也不能進入大多數英語的短篇選集。甚至魯迅往往都是可有可無的人選。

如今美國的大學裡的寫作坊生產了太多的短篇小說家，而且他們往往風格類同，題材相似，他們的生存完全依靠文學雜誌和編輯。長篇小說家的工作條件則不同，他們靠自己單獨寫作，完成一本書就送到中間人那裡，賣給出版商。就是說長篇小說家能夠做到獨立，更可能寫出獨創性的作品。所以，這些年來我一直鼓勵學生寫長篇，將來畢業後可以自立，能夠長期寫下去。當然我本人也熱愛短篇的形式，也渴望能寫出輝煌的短篇小說，但當今的文化環境對短篇寫作是不利的。

其實，雖然非虛構類在文學結構中身居底層，但它也有獨特的功能。非虛構類的書往往更有用，是建立在話題和資訊的基礎上的，能添補社會文化中的空白。非虛構的書通常銷路比較好，讀者群更大些，但比起優秀的文學小說，非虛構類書籍在書架上的生命要短些。近些年來，大陸文學界鼓勵非虛構類的寫作，許多作家把何偉（Peter Hessler）的《江城》和《尋路中國》當作楷模，甚至覺得可望不可及。這種自卑感不是源自作家們才不如人，而是源自寫作的環境。一部豐富的非虛構作品需要多年的研究和努力，而且作家必須心無所忌地完全投入，這種寫作狀態在大陸是無法進入的。像伊恩．約翰遜（Ian Johnson）剛出版的《中國的靈魂：後毛澤東時代的宗教復興》是十多年潛心工作的結果，這樣的鴻篇巨製很難在大陸動筆，可以說連想都不敢想。自由的工作條件成就了西方那一批傑出的、專寫中國的非虛構類作家。

二〇一五年的諾貝爾文學獎授予了白俄羅斯非虛構類作家斯維拉娜·亞歷塞維奇，這無疑鼓勵了眾多的非虛構類的作家。但這標誌文學的結構有所改變嗎？我覺得並沒有。阿列克謝耶維奇認為我們所處的時代已經與托爾斯泰和契訶夫的時代不同，她要找到更能表達這個時代的文學形式。她的非虛構作品雖然強調眾多述說者的真實性，忠實地記錄了各種各樣的聲音，但實際上她的作品是有虛構成分的，特別是在篇章的結構方面（例如《鋅皮娃娃兵》），同時她常常直接引用經典的俄羅斯小說家以強調自己作品是文學創作——來自同一個偉大的傳統。總之，她的成就並沒有改變小說比非虛構作品更高級的固有觀念。

從文學內部來談文學

二十年前，美國的一些英文教授就斷言文學理論正在銷毀文學。八、九〇年代，各種理論風起雲湧，許多文學系都開設純理論的課程。這些課上只讀理論，很少讀作品，結果本科生們上了一兩門這類的課，就厭煩了，覺得光玩弄意念實在無聊，就開始躲避英文系的課程。如今美國的英文系已經被理論給毀壞了。我所在的大學中頂尖的文學教授們有時課上只有五、六個學生。各學校的英文系都面臨著生源不足的窘境。這也是近年來創意寫作十分興隆的原因之一，因為英文系要靠創意寫作來爭取更多的本科生。

這種現象的產生主要是由於近四、五十年的文學理論大多從文學外部來談文學，力圖構架出凌駕於文學之上的批評。文論史上的確有這樣一個純理論的傳統，起源於柏拉圖對詩歌和詩人的論述。即使是從哲學的角度來思辯，來貶低詩歌，柏拉圖仍然大量地引用荷馬等人的詩文來解釋自己的觀點。康德、黑格爾和尼采等哲學家的文學理論也屬於這個純理論的傳統。但純理論並未成為文論的主流。文學理論中更豐富、更有價值的部分是個別作家對文學的闡述和一些批評家對文本的闡釋和從中引發出的卓見。而這兩者的出發點都是從文學內部來談文學。

優秀的批評家首先要有自己獨到的看法，而不是一學到新的理論就把它套到作品或作家身上，來炫耀自己多麼博學，眼光前衛。很多評論家都有這種凌駕於文學之上的傾向，這在中國大陸尤為明顯。我的一些用漢語寫作的朋友們常常對批評家們懷有敬畏，因為覺得人家給你寫幾筆惡評，你的作品就完蛋了，至少要大傷元氣。這跟國內的寫作和出版環境有關。你看每個月有多少作品研討會、評獎會在各地舉行，有多少批評家出席這些活動。在眾人眼中，這些批評家中有的就是文化官員，可以影響、甚至決定新作品的命運。事實上他們的確掌握了許多資源，足以抬舉或壓制還沒出道或剛出道的作者。我常常跟作家朋友們提起大批評家萊昂內爾・特里林（Lionel Trilling, 1905-1975）晚年多麼後悔自己在出版一部長篇小說後沒有繼續寫小說，如果他一路寫下去，也許會有接近索爾・貝婁那樣的成就。我是要提醒朋友們不必自卑，不要恐懼，優秀的評論家是文學的守護者，而不是它的敵人。此外，每一本書都有自己的命數，好作品不是幾個惡評就能毀掉的。

和朋友們一樣，我也關注國內的一些批評家的作為，但我關心的角度不一樣。那麼多人聚在一起來評一部作品，其中有多少人認真讀過作品？如果沒讀，或者只是泛泛讀一下，那就只能從作品外部來評論，就會給人凌駕於作品之上的感覺，大而不當，高而空泛，也會養成敷衍於事的習慣。還有的批評家不斷發表文章評論各種各樣剛出版的作品。當然，這可能出於工作或情誼不得不寫，但這畢竟是沒有方向的寫作。我曾經跟一位批評家朋友開玩笑說：「什麼雜七雜八的東西都評，你煩不煩，累不累？」其實，說得更重些，這是浪費自己的才華和生命。如果一輩子就這樣吹吹打打，到頭來會一事無成。任何要成為偉大的批評家的人，必須要建立自己肥沃的園地，要在文學史上留下一兩個有意義的獨特說法。要朝哪個方向努力，就必須要有文學中深遠的參照系統，而不能光拘泥於眼下，還要清楚什麼該寫，什麼不該寫，就是說要有努力的方向，盡量少走出自己的園地。

縱觀文學史，最有價值的批評家有兩種。一種是作家，他們在自己的創作實踐中發現或悟出獨特的看法。賀拉斯的詩歌功用的說法（「予以娛樂和施以教化」）是亙古至今的真理；李白的「清水出芙蓉，天然去雕飾」現在仍然被一些詩人奉為美學準則；果戈里的《死魂靈》中第七章的頭兩頁為小人物的文學設置了理論根據；詩人托馬斯．艾略特的批評文章勾勒出了古今文學的基本構架和原理。另一種最有價值的批評家是熱愛文學的學者，他們通過精讀和對文學作品系統的掌握，建立了自己獨特的審美觀，並依據自己的體系來衡量判斷作品的意義和質量。上面提到的萊昂內爾．特里林就是這樣的評論家，也是大學者，是美國的第一位猶太人英文教授。他以傳統的人文主義和對作品的細讀構成自己批評理論的基礎。他編寫的選集《文學》仍然是經典的教科書，對教本科生的文學課的教師非常實用。

漢語詩歌讀者們比較熟悉的宇文所安也屬於後一類批評家。我們讚歎他對古漢詩的解讀和洞見，覺得他的理論水平實在太高了。九〇年代初，我有幸跟宇文所安在哈佛大學讀了一年漢詩，還跟他修過一門比較詩學的課。他的確對各種文學理論瞭如指掌，能夠融會貫通，而且還精通至少十門外語。在比較詩學的頭一節課上，他問班上從世界各國來的研究生們誰會說俄語和阿拉伯語，因為只有這兩種語言他不懂。但令我印象最深的是他對古漢詩全面的掌握，他輕而易舉地就能把一行詩的首創者和後來的轉用者及變用者們指出來，以說明這行詩怎樣在漢詩中演變。就是說他真正的學問是建立在對文本的掌握上。有了他自己獨特的詩學系統，就能寫出令人耳目一新又富有真知灼見的文章來。也許有人會說宇文所安完全是古典文學學者，不會評論現當代中國文學，其實他是不願為之而不為。他曾在對北島的詩歌評論中提出了嚴肅中肯的問題，即世界詩歌終將是很難走通的路。宇文所安清楚怎樣更有意義地使用自己的時間和精力，最近他剛出版的六卷杜詩全譯就是一個好例子。他寧願把自己的年華獻給心愛的偉大的古代詩人。

面對特里林和宇文那樣的批評家，作家們當然應該滿懷敬畏和感激。他們不僅是偉大的批評家，也是文學寶庫的監護者。歸根結柢，真正的文學批評是誠實、耐心的工作，其成果應當有用——對讀者有所啟迪，讓作者心服口服。而要做到這些就必須認真從文本做起，從文學內部來談文學。

從漢語出發

四年多前夫人患了肺癌，我的寫作被打亂了。雖然這幾年出版了《背叛指南》和《折騰到底》兩部長篇小說，但那都是很早以前就動筆了的作品。夫人的病難以讓我開始寫新長篇，所以我就利用零碎的時間開始寫詩。我計畫分兩步走，先用漢語寫出一些詩，再用英語重寫其中的一部分，這樣最終詩中的英語可能更新鮮些。但我動筆寫起來，覺得漢語仍是自己的第一語言，可以說寫起來得心應手，游刃有餘。這樣我就決定認真把這些作品寫成道地的漢詩，至於英詩寫作只能走一步算一步了。這個寫作計畫是個漫長而又毫無把握的過程。幸運的是這幾年寫的漢詩全都收入兩本詩集，《另一個空間》和《路上的家園》，都由台北的聯經出版公司出版了。現在這部十月文藝出版社的《哈金新詩選》是從這兩本集子中選出來的。我也用英文重寫了這些詩中的一部分，編為我的下一本英詩集，名叫《遙遠的中心》，將由銅谷（Copper Canyon）出版社出版。銅谷是北美最優秀的詩歌出版社之一。我真幸運，這樣複雜曲折的寫作竟然還都勞有所獲，作品的出版還都有了著落。

雖然我主要用英語寫作，但我對進入英語世界是非常謹慎的，總有些惴惴不安。對英語不是第一語言的作家來說，這種謹慎是必須的。前些年有的大陸出來的移民作家宣稱「告別漢語」，國內也有人湊熱鬧撰文論說中國作家是應該選擇漢語還是英語寫作。這些說法是短視的，是外行話，現在很少有人再這樣說了，雖然中國留學生到處都是，他們的英語也比父輩們好得多。我的謹慎跟詩歌寫作有關。英語中還沒有英語不是第一語言的大詩人。對於外來語的寫作者，這是個終極的坎兒，至今還沒人突破，雖然小說方面早就有康拉德和納博科夫等大師。多年前我曾在葉慈寫給友人的信中讀到：「如果不用自己童年就學會了的語言並且一直在這個語言中思維，誰也寫不出富有音樂感和風格獨特的詩作。」我二十一歲前沒見過說英語的人，英語無論如何都不會成為我的第一語言，所以葉慈的話對我來說比警鐘還嚴酷，好像一扇門砰地一聲關在面前。當然，他的說法可能已經過時，這個世紀一定會有英語不是第一語言的大詩人出現。其實，英語好並不等於能寫出好作品，尤其是詩歌，更重要的是對語言的感受。獨特的感受才能夠成就獨特的藝術家。

這些年我也用英語寫了一部李白傳（《通天之路》）。在這個寫作過程中，我注意到很多漢詩的特點，也使我堅信古今中外的詩文法度很多是相通的。李白作詩的一個重要標準是「明月直入，無心可猜」。就是說無論思想多麼深奧，都必須像月光那樣直入人心。綜觀漢詩，最優秀的詩句都具有這種明淨透徹的品質。葉慈也反覆強調尋找能「刺透人心的詞語」，這個說法跟李白的「明月直入」相類似。古代詩人們意識到詩中的思想不應該太玄奧，那樣會減低詩的感染力。複雜的表達方式跟詩歌的情感撞擊力往往成反比。總之，在這本《詩選》中我力求做到「明月直入」。

讀者也會看到這些詩的語言跟當下流行的詩歌語言有些不同。在大部分詩中我都押韻，主要是我不想給人語言鬆弛的感覺。雖然押韻，我力求韻腳自然，不顯得突兀或生硬。葉慈有兩句關於怎樣完成詩句的名言：「如果不如同一剎那湧上心來／我們的修修補補終將無濟於事」（「If it doesn't seem a moment's thought ／ Our stitching and unstitching has been naught」）。這裡的「修修補補」是指不斷地修改詩行。如果沒有自然由心而出的感覺，再怎麼修改也沒達到標準。這多少跟李白的「清水出芙蓉／天然去雕飾」的主張相像。我在這些詩中力圖創造流動的語感，而韻腳應當是流動中的自然停頓。當然，用英語裏寫這些詩，完全不能押韻，必須追求另一種詩意。

這幾年寫漢詩給了我一次愉快又興奮的旅行，但也讓我明白自己在英語裡已經走得太遠了，遠離了漢語寫作的環境。我所能做到只是在逆境中做出藝術生存的選擇，盡力把弱勢化為優勢。我相信不同的境遇和獨特的努力方式最終也會造就特別的文學。

遷移中的詩歌

二〇一四年大陸音樂人趙照譜寫並演唱了〈當你老了〉，接著這首歌由莫文蔚、李健等歌手演唱，很快就成為金曲。如今已經家喻戶曉，甚至有日語版的，但聽起來不如漢語原歌那麼柔婉。趙照的歌是依據愛爾蘭威廉·巴特勒·葉慈（一八六五—一九三九）的〈當你老了〉一詩改寫的，這就使葉慈的詩歌進入了大眾視野。

其實，〈當你老了〉是葉慈早期的代表作，但不是他最優秀的詩。二十世紀英語詩歌有兩個高峰：晚期葉慈和早期奧登。比起葉慈晚期的一些詩，這首詩輕量級的，成就甚至不如他同年寫的〈伊利斯弗里湖島〉（一八九二）。〈當你老了〉是絕望的愛情詩，是寫給毛特．崗的。葉慈年輕時就愛上毛特，五十一歲時跟她求婚，卻被拒絕了。但她同意葉慈向她女兒求婚，結果二十二歲的伊瑟爾特也拒絕了他。次年葉慈就跟別人結了婚，然而他和毛特的感情糾葛從未斷絕。他甚至說自己的全部詩歌都是為毛特．崗寫的。

葉慈真正偉大的詩篇是〈亞當的詛咒〉、〈一九一六年的復活節〉、〈為我女兒祈禱〉、〈航向拜占庭〉、〈在學童中間〉等晚期作品。相比之下，〈當你老了〉的詩行比較沉重，沒有晚期葉慈那種自然又具法度、非常接近口語的流動感，也沒有他晚期詩歌那種獨特的智慧。但為什麼它在漢語中這麼風靡，至少有二十多個漢語譯文呢？

首先，這是愛情詩，不以歷史和社會為背景，就是說這首詩有足夠的抽象性。〈一九一六年的復活節〉也間接地涉及到毛特．崗，但感情更成熟，更複雜，充滿對政治和暴力的沉思。葉慈甚至也歌頌自己的情敵——毛特的酒鬼丈夫：「我曾以為另一個人／不過是個酒鬼，專會吹牛的大嘴巴。／他曾深深傷害了／我的心上人。／但我也把他放進我的詩；／他也揚棄了自己／平常的喜劇角色；／他也跟著變了，／完全變了：／一個可怕的美麗終於誕生。」毛特的丈夫參加了反抗英國壓迫的暴動，和別的革命者一起也成了英雄。這首詩還富有哲理，如：「太長久的犧牲／能使人心變成石頭。／啊，何時才能足夠？」但這樣的詩要求讀者知道歷史背景和人物的境遇才能讀懂，有所感悟，就是說它受到文化的限制。而〈當你老了〉根本不需要這些資訊，講的全是個人感情。

那麼為什麼它有這麼多種譯文呢？這也許與該詩的早期譯文有關。袁可嘉是〈當你老了〉的最早的譯者之一。一九八〇年我讀大學時就讀過袁的譯文。它一直被推崇，尤其是第二節中的四行：「多少人愛你青春歡暢的時辰，／愛慕的你美麗，假意或真心，／只有一個人愛你那朝聖者的靈魂，／愛你衰老了的臉上的皺紋。」這是輝煌的詩句，可以說比原文還好，其旋律給人突然勃發的感覺，這是原詩中沒有的。原詩通篇比較沉悶，沒有袁可嘉譯文第二節中那種洋溢的氣韻。但袁的譯文不準確，比如原詩中沒有「青春」這個詞，原文是「glad grace」——這是頗有古味的詞組，意思是「歡欣的美麗」。又如，原文中也沒有「衰老」和「皺紋」兩個詞，原句是：「And loved the sorrows of your changing face」，余光中對這行詩譯得最精準：「愛你臉上青春難駐的哀傷」。正是袁可嘉譯文中的一些「出格」給了別人要重譯的心願，希望超過袁譯，但大家都譯得不很成功，沒有超過袁可嘉。其實，準確並不等於優秀。袁譯的第二節雖然不準確，但已成絕唱。這是為什麼趙照的歌詞裡要重複這四行，它們是歌詞中最燦爛的部分。英詩中也有不準確的翻譯卻仍成為絕唱的例子，如龐德譯的李白的〈長干行〉中把「十五初展眉／願同塵與灰」譯成「At fifteen I stopped scowling, ／ I desired my dust to be mingled with yours ／ Forever and forever and forever」。最後一行完全是加上的，但感情自然湧流，有渾然一體之感。龐德的譯文是經典，是現代英詩的一個小高峰。

葉慈的原詩是愛情的輓歌，這一點在第三節表現出來，但多數譯文比較模糊，讓讀者摸不著頭腦。傅浩譯得最清楚：「憂傷地低訴，愛神如何逃走，／在頭頂上的群山巔漫步閒遊，／把他的面孔隱沒在繁星中間。」愛神離你而去，就是說愛情不是永駐的。葉慈此詩的一些早期版本中的第三節第二行跟現在的詩文不同，是這樣的：「Murmur, a little sad, from us fled Love」。就是說大寫的愛情將離開他們倆，不存在了。這跟他的別的詩中表現的令人心力交瘁的愛情相一致。但這種愛情觀並不為漢語讀者們認同。文化交流中總是有用的取之，無用的棄之。漢語是比較泛情的語言，不深究準確和理性，傾向於讚美永恆的愛情。這是為什麼葉慈的詩中的最後一節對趙照的歌沒有意義，他必須重新寫，從而加了一些頗遜色的歌詞。

他的歌是這樣結尾的：「這就是我心裡的歌／當我老了我真希望／這首歌是唱給你的。」這有些不連貫，生硬又疲弱。李健演唱時把最後一句變成：「當我老了我要為你唱起這首心裡的歌。」生硬感減輕了，但還沒成為真正的詩。

趙照是為他母親譜寫〈當你老了〉的，所以歌詞的內容有點不協調。葉慈的詩是愛情詩，表達的是哀怨和惆悵，那四句不朽的詩句（袁譯的第二節）無法用來表達對母親的愛——孩子怎麼知道母親戀愛的經歷，並感嘆「多少人愛你青春歡暢的時辰，／愛慕的你美麗，假意或真心」呢？當這四句燦爛的詩句在歌裡重複時，就給人不融合的感覺，美得突兀。更有甚者，還有兒童演唱〈當你老了〉來表達對母親的愛。多麼不倫不類，十歲的孩子怎麼會知道別人對母親「假意或真心」呢？

我們並不反對重塑詩的意境，移花接木也無妨，但要恰當。看來〈當你老了〉這首詩還沒完結在漢語中的變遷。

寫作與生存

《通天之路：李白》的英文原著出版後，有幾家華文報刊採訪了我。我每回都提到寫這本書的主要原因是夫人病了。

——我除了教學，不得不照顧她，陪她跑醫院，實在無法重新開始寫長篇，就選擇寫了這樣一本書。寫非虛構的東西不需要完全沉浸在作品中，特別是李白傳這樣的書，因為他的生平大框已經在那裡，我不必太想像發揮，也不必嘔心創作，只要一段一段、一章一章寫好就可以。我這樣的解釋對華文報刊的編輯們似乎微不足道，所以各個採訪都不提及這一點。其實，這是寫這本書的基本原因，是與我作為一個作家的生存狀態相關的。

英文寫作的最困難的地方是怎樣在「成功」之後仍能不斷地寫下去。當你問美國作家為什麼又寫了一本新書時，他們常會說：「我想繼續做為作家存在下去。」這種低微的動機其實也是才能的根本，表達了不斷創造的慾望。真正的才能也存在於百折不撓，一步一步走得更遠。某些我們仰慕的大作家都是這樣過來的，遇到挫折時能找到新的生存空間和途徑，使自己的寫作生涯得以延續，甚至還能越發廣闊。

我是想說《通天之路》發軔於我生活中的一場危機，在這場危機中我選擇了另一種生存的方法，就寫了一本非虛構的書。

當然還要有機遇和運氣。二〇一五年夏季，一家名叫Shambhala的小出版社請我寫一個中華人物的傳記，他們計畫出一套微型的名人傳，每本一萬二千字。這有些像一篇長文，我想也許不會太費時間和精力，就給了他們一個名單，共有十人左右，其中有李白、杜甫、孫中山、魯迅等人。主管這個傳記系列的編輯歐尼爾先生立即回信說要我寫李白。我覺得李白的詩我比較熟悉，只要去圖書館找些資料就可以寫出這本小書來，所以就同意了。但很快我就發現英文中沒有完整的李白傳記，雖然漢語中有許多種。我開始琢磨與其寫一本微型傳記，為什麼不寫一部完整的李白傳呢？這明顯是一個空白，我也許有能力來填補。英文中李白的譯詩多的是，但為什麼沒有他的傳記呢？直覺告訴我這可能與版權有關。因為寫李白傳需要引用大量的詩，如果作者不自己譯這些詩，就得付給詩的譯者高昂的版稅，這樣就沒有出版社能出書。我的猜測後來得到證實。在這本李白傳中我只引用了八行美國詩人卡羅琳・凱瑟（Carolyn Kizer, 1925-2014）的有關李白和杜甫友誼的詩，就付給了她的出版商三百美元。不過，從一開始我就認為可以自己譯李白的詩，如果書寫得好應該能出版，但我的困難在於怎樣把這個故事寫得完整生動，而且與眾不同。

我接著與歐尼爾先生聯繫，說明了自己的打算，他理解，讓我辭掉了原先的承諾。一般來說，寫一本完整的傳記最好先跟一家商業出版社簽下合同，這樣成書後，出版能有個著落。但我實在拿不準自己是否能寫成這本書，所以就迴避簽合同，好不給自己太多的壓力。當我跟神殿出版社的編輯蘆安・沃爾瑟提起這個計畫時，她說：「我不要學術著作，我要一本大眾喜歡讀的書。」我對她的想法頗有牴觸，因為希望寫一本既能在學術上站得住也適於一般讀者的書。我打算走一條中間之路，就按照自己的想法做起來。

在研究的過程中，我發現其實有關李白的史料很少，我們現在擁有的資料多是從他的詩歌中發掘出來的。一般是他先在詩中提及，然後多個世紀來學人們不斷發展並創造，漸漸積累了關於他的軼事和神話。認清了這一點，我就決定跟著他的詩歌走，覺得他的每一篇傑作也反映了他生活中的危機。我的這個直覺後來被證實是正確的，通過跟著他的詩歌走，整個敘述構成了一個完整的故事，也可以順便展現唐代的詩歌文化。

漢語中有許多種李白傳，主要可以分成兩極，分別由安旗和周勛初為代表。兩位都是李白學的大家。安旗的《李白傳》寫得像小說，一大半是對話。這種寫法在非虛構類作品中是比較出格的，因為讀者會問「你怎麼知道此時此刻他們是這樣說的呢？」

一般來講，除非有文字根據，傳記不能寫入對話和心理活動。當然，李白生平的文史根據實在太有限，偶爾有幾筆對話或心理描寫也難免，但一定要節制。周勛初的《李白評傳》代表近幾十年來李白學的綜合成就，考究有據，論述精闢，十分豐富，但每一章都集中在一個話題上。這是為學者們寫的書，並不構成完整的敘述。我要在這兩極之間選一種擇中的寫法，原則是一定要把故事講生動，能打動讀者，同時通篇也是建立在學術研究之上的。由於我是小說家，我更注重有趣的細節，希望通過連接和描述它們，能勾畫出一個完整鮮活的李白。至於對他的詩的解讀，主要根據自己在英美詩歌方面的訓練來進行，但力求簡潔，不打斷敘述的流暢性。更重要的是雖然寫的是盛唐的李白，這本書多少也應該與當下有關，讓讀者覺得感同身受，起碼能理解同情。

完稿後，書由神殿出版社接受。蘆安把它交給她的助手凱瑟琳來做。凱瑟琳是華裔，漢語名叫董琳，雖然年輕，卻非常優秀，畢業於哈佛大學。她坦誠逐漸「愛上了這個項目」。在做書的過程中她不斷地提問，要我說明出處和參照的年表等等，這樣就使整個書的學術氣氛更濃了。而這正中我的心意，我自然全力配合。出於熱愛，她對整個文本做得十分認真。她又提出應該加入李白的原詩，我立即同意，並提供了繁體字的原文。書出來後，有位著名的美國詩人對我說他欣賞書中有李白的漢語原詩，讓英譯有所對照，否則英文讀者會覺得這些詩句「不過是些拼音字母」，有不可靠之感。

總之，這是一本為了生存、擇力而寫的書，但在寫作和編輯的過程中似乎有種力量在冥冥之中推助我，每一個挫折好像都在幫我做下去，做得更好些。我常覺得單憑一己之力很難寫出這樣一本書。當然還要感謝李白，他給了我繼續做為作家生存下去的機會，讓我跟他消磨了幾年愉快的時光。他也使我明白自己多麼幸運，不必「平明空嘯」，也不必「舉杯消愁」，只需要在紙上安靜地勞作。

小説天地

什麼是小說

首先小說必須是虛構的。不管寫得多麼真實，多麼貼近生活，小說是建立在虛構基礎上的。我們所說的真實只是感覺或幻覺，小說不可能原原本本地把生活搬進來，細節要經過篩選、改變或重塑才能跟故事融合。還有，細節只是經驗的碎片，一個單獨的細節並不具有什麼意義，只有跟別的細節連起來才能產生意義。就是說，細節的組織方式通常是虛構的，體現作家的態度和眼光。

一般來講，小說需要一個故事。故事是由幾個事件構成的，這些事件需要有因果關係，這樣就會產生敘述衝力。比如說，王老漢死了，這只是一個事件，並不是情節，沒有戲劇性。但加上這樣幾個事件就不一樣了：王妻傷心欲絕，病倒了，不久也去世了。這樣就產生了一系列的事件，構成了情節。這是創作小說的最基本方式，是完全可以憑作家來創造，來虛構的。通常來說，具備有意思的情節，故事就會有推動力，就會使讀者讀下去。這是為什麼許多人強調小說必須要有好的故事。漢語小說起源於說書傳統，非常強調故事性，而西方小說起源於個人閱讀（中產階級家庭婦女有大把時間來讀小說），所以西方也有一個不那麼強調故事性的傳統。比如，契訶夫後期的一些最輝煌的小說，根本沒有故事，但它們也能讓人讀得津津有味，而且還感動得一塌糊塗。文學史上常把這種小說稱為「一片生活」。這種沒有故事的小說最難寫，需要高超的技藝和獨特的詩意。所以，小說有沒有故事並不是最重要的。關鍵要有趣，能使人讀下去。還要給人某種整體感，這種感覺並不是全靠結構和戲劇來達到的，也可以通過別的方式來獲得，只要能使小說形成類似音樂式的整體感就可以。

小說中能生產趣味的成分有許多。比如，人物。一般來說，長篇小說是以人物為中心的，而短篇則很難有足夠的空間來把人物發展豐滿。人物是生活在時間裡的，所以小說裡要有一段時間，在其中發生了一些事，這些事最終多少改變了人物或人物的生活。成功的小說往往會有一個或幾個鮮明的人物，像祥林嫂和豬八戒。還有，細節也可以產生趣味。生動的細節會令人耳目一新，讀後難忘，也體現了作者的眼光，更重要的是能表現人物生活的質量。一些別人不注意的細節如果用得恰當，會給小說特殊的質感，吸引人讀下去。當然語言也很重要。小說的語言應該寬度大些，一般來說有三種：敘述語言，對話，想法（包括活動的意識）。敘述語言要比較正規些，尤其是第三人稱敘述，而第一人稱的敘述語言則要由敘述者的身分來確定。相比之下，對話語言要活泛，因人而異，多種多樣。反映內心活動的語言則不必完整，常常是破碎的。有些青年作家以為語言是最重要的，是才華的標誌，甚至有人說寫小說的過程就是跟語言搏鬥。這是偏誤的說法。經驗豐富的小說家一定會強調內容比語言更重要，作家的才華更表現在有東西說，而且說得有意思，有見解。成熟的小說家都明白，有東西說，語言才會雄辯，才有活力。如果無事可說，還要用詞華美，就是裝腔作勢。跟語言搏鬥是詩人的事情——優秀的詩人要把語言伸展得極限，從而發現語言的容量和潛力。

小說的敘述角度本身就是一門藝術。紀實文體一般不必在敘述角度上多麼講究，只要把事情講明白就可以了。而小說的敘述角度是技藝的重項。一個故事要講好，角度的選擇至關重要。籠統地說，小說有三種角度：第一人稱，第二人稱，第三人稱。而每一個人稱中又有各種區分。第一人稱中有日記、信件、回憶錄、證人、集體等各種各樣的角度；第二人稱是一種詩歌式的角度，敘述人直接對故事中的「你」訴說，從而把讀者擋在故事外，強迫他們旁聽或偷聽（這種敘述技巧眼下很流行，但不適應於長篇，因為語調會太緊張，難以持久）；第三人稱中有全知式、聚點式、多角度式等等。在長篇小說裡，敘述角度通常不是單一的，而是綜合使用的。這方面的經典之一是遠藤周作的《沉默》。這部長篇不但是偉大的小說，也是敘述角度綜合運用的範本。如果把其中角度變換的理由和效果搞清楚了，也就明白了敘述角度的基本原則和技法。

還有風格。好的小說要有獨特的風格，但風格應該從故事或戲劇本身衍生出來，而不是外加的。如果寫紀實作品，清楚和確切是基本準則，但小說的語言常有遊戲的成分，有各種各樣的語氣和暗示。有藝術修養的小說家的確注重作品的獨特風格，不過風格並不是能苛求的。它像一個人身上的氣味，是個人獨有的，不可強求。一般來說，只要把故事講好，把它的複雜性都表現出來，就算成功了。作家的任務是把作品寫滿，寫透，力爭讓文字煥然一新。對小說家來說最重要是有不同的眼光，對世界有自己的獨到的看法，這樣才會有自己的風格。

小說家們常說作品的首要功能是給讀者帶來消息，就是告訴人們一些不為所知的事情。別人講過的故事，再講就沒意思，沒意義了。但這只是第一步，文學小說要有一個更高的層次，就是傳遞永久的消息，就是表現作者對生活獨特的感受，更可貴的是洞見和智慧。這些品質都不會因時間而老化，是文學中常青的成分，也是最高的境界。有些作品本身一點也不精彩，但他們有洞見，能讓人醍醐灌頂。單憑能啟迪人心這一點它們就在文學中占據「一覽眾山小」的高處。契訶夫有一個叫〈醋栗〉的故事，除了〈帶小狗的女士〉，這是他最常被收入選集的短篇。故事很簡單，幾個年輕人在鄉下狩獵，遇上大雨，就在附近的一位朋友家待下來。晚上主人給他們講了自己哥哥的故事。他哥哥平生最大的願望是擁有一所自己的小農場，他每天省吃儉用，最終娶了一個醜陋的富婆，可以吃上自己種的蔬菜和醋栗了。整個故事沉悶枯燥，主人顯然不喜歡哥哥的小莊園主式的、令人窒息的生活。故事講完了，他突然對客人們冒出這樣幾句話：「人生沒有幸福，也不應該有，但如果有生活的目的的話，這個目的不應當存在於我們自己的幸福中，而應該存在於在更廣闊、更理性的事物中。多做些好事吧！」這話看似平淡，卻令人震撼，一下子把故事提高到哲理的高度，提高到經典的水準，使一個普通的俄國鄉下故事具有了永恆的普世意義。又如奈波爾的《大河灣》，在小說技藝方面是有瑕疵的，尤其是在章節布局方面做得不夠好，但它仍是偉大的小說。記得有一回教完《大河灣》後，我班上的一位旁聽生，一位四川來的女孩，對我說：「讀完這本書，我突然覺得心裡亮了，看世界的眼光不一樣了。」多年前我曾也有過同樣的體會，所以《大河灣》對我來說永遠是一部偉大的小說。

我不厭其煩地談洞見是強調小說的精神。文學不是技巧，而是精神，只有獨特的精神和不群的姿態才能成就文學。而且這種精神必須是個人的，獨一無二的。小說不管寫得多麼精彩，如果沒有這個精神層次，沒有洞見，終究不會成為經典。精神和智慧的層次並不總是直接由文字表達出來，往往存在於故事的戲劇結構中，比如卡夫卡的《變形記》和《飢餓的藝術家》。

小說家與紀實作家寫作的意識非常不同。優秀的小說家有強烈的藝術傳統意識，而紀實作家不必在這方面多費心。小說家必須清楚前人在小說藝術方面已經做到什麼，自己怎樣才能再進一步。比如，契訶夫的〈帶小狗的女士〉創造了一個圓形的敘述結構：故事的結尾恰恰是故事的開始。這是短篇小說藝術上的一個突破，一個小里程碑。又如，史坦貝克的《憤怒的葡萄》使用了許多插入章節，以擴大小說的容量。這種做法以前沒有過，對作家本人也是一個巨大的挑戰。史坦貝克在寫該書時，在日記裡說自己不是作家，根本完成不了這部巨大的小說。也就是說他的藝術被伸展到極限。這種不確定性常常標誌藝術的突破。

通常小說有三種形式：短篇、中篇、長篇。這三種形式都有各自的技巧、內在邏輯和創作目的。技巧方面我已經說了不少，就不再細說了。短篇小說家的終極雄心是有一兩篇作品能進入最優秀的選集，這樣自己的作品就可以長存，並擁有長久的、一代代的讀者。一九四八年六月的一天上午，雪莉・傑克森用了幾個小時寫成了短篇〈樂透〉，這篇小說很快就成為經典。如今任何英語的短篇選集都要收入這個故事。由於這篇小說，她的其他作品從未絕版。這體現了一個優秀短篇的巨大力量，也是短篇小說家夢寐以求的成就。但短篇小說家很難獨立，不得不依附雜誌，也得依靠雜誌和選集的編輯來生存。中篇其實跟電影相關，中國大陸的文學雜誌都很大很厚，願意發表中篇，而且中篇容易改成電影劇本，所以在大陸中篇很風行。但在國外，中篇幾乎沒有市場，因為一般雜誌根本沒有那樣的篇幅來發表中篇。西方通常把中篇當作小長篇，就是說是設法當作單書來出，形式上應該歸入長篇。如果作者已經有名聲，也可以把三兩個中篇作為一本書來出。長篇能使作家們更獨立，使他們不依賴雜誌和編輯，直接跟出版社或中間人打交道。由於容量大，需要更多的腦筋和勞動來完成，長篇通常被認為是小說的主要形式。想想看，《安娜．卡列尼娜》需要作者多大的腦力來裝載，來協調兩條愛情故事的線路，修改起來多麼難。一般來說，每一代人中，如果幸運的話，會有五、六個長篇留存下來。這樣的長篇小說就是里程碑式的著作。每一位有雄心的長篇小說家都渴望能寫出這樣一部作品，獨自立在文學的景地上。

現在漢語小說家非常多，而且漢語可能擁有最大的讀者群，但我們還不能說漢語是文學的強大語種。我們的古典詩歌曾有過舉世公認的輝煌。我們的古典小說跟西方小說是完全不同的東西，像梨和蘋果無法比較。而我們的現當代小說則是舶來品，就像汽車、飛機、電腦等等都來自西方，所以西方文學界似乎看不起我們的小說。在英語世界中要編一部《世界短篇小說選》，當然一定要收入眾多的歐美作家，但這幾位俄國作家是必須選入的：契訶夫、果戈里、托爾斯泰。日本作家中一定要選三島由紀夫，拉美作家中要選波赫士和馬奎斯，非洲要選阿奇比和戈迪默。而漢語作家通常是沒人入選的，是可有可無的。至於長篇，我們也有類似的尷尬。我在美國已經三十年了，跟西方作家來往中看得出來他們的確看不起現當代漢語中的長篇小說。每回有哪位中國作家獲得國際獎，我周圍的作家中就會有人問我獲獎人的作品到底好在哪裡。言外之意，他們讀完後心裡不服氣。當然他們有偏見，但憑心而論，現當代漢語文學中確實還沒有舉世公認的偉大小說。我們應該面對這個缺失。知恥而後勇，希望有年輕人能把這個缺失當作自己的機會和夢想。

成功的迷津

——張愛玲的英文小說

一

江南文人多有英文情結，尤其是上海文人。英文象徵進入西方文化和生活的可能，是通往更廣闊的世界的門徑。而東北過去會英文的人較少，二十一歲前我沒見過能說英語的人。夏濟安一九四四年首次見到張愛玲時半開玩笑地說：「I'm your competitor, you know.」這個以「競爭者」自居的話讓張愛玲一頭霧水，終生沒弄明白，因為在她看來夏濟安並不寫小說。其實，跟張愛玲一樣，夏濟安的雄心是用英文寫小說，當時張愛玲在上海用英文寫作已經小有名氣，常給《泰晤士報》寫劇評和影評，一九三九年她甚至宣稱不再用漢語寫東西。跟她相比，夏濟安在英文寫作上的努力並不成功，一部長篇寫了多年，終沒成書，但他在美國的一流雜誌上發表了個別短篇。這已經相當不容易。

五十二年從上海去香港後，張愛玲除了翻譯美國文學作品，也繼續英文寫作。她的頭兩部英文長篇常被認為政治傾向太濃，部分原因是創作期間她得到美國新聞署的資助。這兩部小說的確有政治態度，但這不該是問題，政治立場也可以是力量所在，跟小說的文學品質沒有內在關聯。誰敢說《動物農場》和《一九八四》不是真正的文學？《秧歌》其實早就在張愛玲心裡醞釀，有些片段在幾年前寫的《異鄉記》裡就已經出現。《秧歌》於一九五五年由美國出版界的重鎮 Scribner 發行。出版後好評連連，《紐約時報》和《時代週刊》等主流報紙和雜誌都給與書評，很快就賣掉了二十三種語言的版權。唯一讓作者不快的是由它改編的電視劇，她告訴朋友該劇「慘不忍睹」。作為張愛玲第一部英文小說，這是相當成功的。

《秧歌》是一部純文學小說，不論從結構和行文來看都很了不起，可以說是張愛玲最優秀的小說。我認為它比《金鎖記》成就更高。學者們已經對它有諸多評論，我只談談自己有關小說技藝方面印象最深的幾點。張愛玲行文有一種病態的快感，可以感覺到她下筆時心情多麼歡悅，儘管故事內容是慘重的，是土地改革時荒誕暴虐的經驗。第二章裡提到桃源村有一婦女不滿公婆家對她的虐待，去幹部那裡提出要離婚，結果那位幹部頭腦守舊，把那個女人綁到樹上，用樹條打了一頓。幹部的行為鼓舞了村民，不過他們仍認為那女人的婆家做過頭了。她被送回去後，婆家人又「把她綁起來暴打一頓，打斷了粗粗的三根棒子。過頭了啊，打斷一根就行了」。這最後一句話雖是輕輕一筆，卻十分勇敢，因為在人物受難的時刻，這種幽默很容易把握不住，只有老練的小說家才敢這樣下筆。這種病態的幽默更淋離地呈現在那個廣為張迷們咂舌的殺豬場景。由於我小時候常去屠宰房看殺豬，張愛玲描寫的整個過程對我來說並不新鮮，不過她最後落下的幾筆真是絕響。豬去了毛，「譚老大和譚大娘搬過來那白花花的豬身讓人看，不帶毛的豬臉露了出來。那是一張笑臉，笑迷迷的小眼睛擠成彎彎的一對細縫」。只有張愛玲能寫出這樣可怕卻又快活的文字，做得恰好（雖然她在譯文中卻做過了，加上了一句：「極度愉快似的」）。還有，譚家此前曾經藏豬的那個插曲。豬被放到炕上，蓋上棉被像個在捂汗的病人，但汪精衛的和平兵們發現炕沿下有一雙女人的鞋，就認定炕上躺著的病人是花姑娘，結果掀開被，發現了肥豬，硬給搶走了。這個細節可能完全是虛構的，但它體現了張氏獨特的情致，能夠在苦難中創造歡愉。優秀的小說家並不照搬生活，而是通過自己的感知來製造藝術。這個插曲也是神來之筆。

在後天安門事件的時代，《秋歌》的政治傾向也有了前瞻式的寓意。金根和村民們不滿土改工作組為烈士家屬強徵糧食和豬肉，組長王同志鎮不住場面就開了槍。接著是這樣的描述：「『我們失敗了，』王沉重地說，然後又重複一遍，彷彿這是第一次要這樣說。『我們失敗了。我們不得不對自己的人民開槍。』」難道這不是意蘊深遠的文字嗎？有哪位文人那時能寫出這樣的句子？

張愛玲不是那種磅礴壯闊的作家，《秧歌》作為一部小長篇恰好適合她的才氣，使她超越了自己閨秀、市井的格局。從篇幅和故事的宏度上看，這部長篇也讓她的才華和抱負發揮到極致。通篇布局均勻，落筆利索，細節也結結實實，完全沒有了張愛玲以前花稍和瑣碎的風格。

五〇年代有幾位華人英文寫作已經很成功，比如林語堂、韓素音、蔣彝，當然還有賽珍珠。他們的英語基本上是正統、規範的，雖然賽珍珠偶爾也使用漢語的表達方式，如「fire wagon」（火車），「looked east and west」（東看西瞧），「a foreign firestick」（洋槍），「the hundred days' cough」（百日咳）。張愛玲十幾歲就開始英文寫作，對英文十分嫻熟，也清楚只有風格才能最終使作家在一種語言中立身。從《秧歌》的行文來看，她力爭寫出與眾不同的英文，在風格上獨樹一幟。然而她的方法卻有些極端：在英文中大量地直接插入漢語的表達方式，不是賽珍珠那種精心的意譯以使「英語耳朵」能聽明白，而是連漢語發音一同轉入英文。這樣就有了各種各樣詞組：lu t'iao（路條），kung liang（公糧），ch'uen fu t'ai t'ai（全福太太）等等。這些聲譯的表達方式並沒有完全融入《秧歌》的英文，讀起來疙疙瘩瘩，很吃力。像「全福太太」我在英文原著裡猜不出原意，要比較張氏自己的譯文才能弄清。更有甚者，這種聲譯竟直接放入對話：「『Ging-lai tzau! Come in and sit down.』月香勸道。」沒有人這樣說「進來坐」——先說漢語再用英語重複一遍，但這種笨拙的對話在《秧歌》中系統地出現。客觀地說，這是風格上的失誤。但由於《秧歌》在商業上的成功，張愛玲並沒意識到這一缺陷。

二

《赤地之戀》是張愛玲的第二部英文小說，《秧歌》出版後第二年就寫完了，但美國出版界反應冷淡，沒人接受，最終由香港一家出版社於一九五六年發行。出版後幾乎沒有動靜，可以說這部小說失敗了。有了《秧歌》的成功，下一本書應該一鼓作氣進一步建立自己在英文世界的名聲。這是常理，作家們常說「抓住勢頭」（seize the momentum）就是這個意思。然而，第二本書往往也是險惡關頭，前有上一本書的成功，現有更高的期待，還有各方的嫉妒，作者也是壓力山大。這是個坎，闖過去了，作者的聲譽就基本鞏固了。

讀《赤地之戀》時我心情很複雜，可以說是五味雜陳。上文說過張愛玲並沒意識到《秧歌》在語言風格上的失誤，在《赤地之戀》裡繼續大量的插入漢語的表達方式，其中許多是直接的音譯，許多加入對話中。第一頁上就有這樣的漢語：「T'a ma tid!」（他媽的）和「tso-feng」（作風）。這些生硬的「疙瘩」到處都是，有的相當長，如「Tan-pai shih sheng-lu; k'ang ch shi ssu-lu」（坦白是生路；抗拒是死路）。這就使英文讀起來彆彆扭扭，有夾生的感覺。技術上，這種加入異國元素的做法有其內在的邏輯，一般是要向讀者顯示作家熟悉當地的語言，只要能讓讀者相信作者懂漢語，就不應過多運用，尤其在對話中要格外節制，不能破壞句子的流動感。好像張愛玲意識到自己這種做法不妥，在《赤地之戀》的下半部裡基本不再用那些音譯的漢語詞組了。就是說，這部小說的風格前後不一致，後半部更像是直接用英文寫的小說，行文流暢，激情湧動。問題是有多少人能耐心地讀完艱難的頭半部，再去欣賞下半部？這部長篇很難讓讀者進入故事，這可能是書商們拒絕此書的原因。

平心而論，《赤地之戀》的下半部分是張愛玲英文寫得最漂亮的篇章。許多句子亮晶晶的，生動得像柔韌的枝條隨風飄動，故事也十分自然，有時還很生猛。有興趣的讀者可以讀一下原文，尤其是從十六到二十章。這些章節中完全沒有插入笨拙的漢語音譯，讀起來暢快。這種清新的風格可能與張愛玲當時剛翻譯過海明威的《老人與海》有關。

張愛玲不是偉大的長篇小說家，她的才華是局部的，不表現在對全篇的把握上，而是出現在個別章節和插曲上。劉荃被迫槍殺了二妞的父親，接著又被命令離開農村；我們知道按故事的邏輯他必須與二妞見一面才能離開。平庸的小作家會對他倆道別那個場景大寫特寫，但張愛玲卻寥寥幾筆，寫得節制，又令人痛心，完全是大師級的手筆。但出版商是生意人，不會用心揣摩作品的優秀和過人之處，接受或拒絕完全憑他們認定該書有沒有市場。他們也一定看得出《赤地之戀》作為長篇「不成個」，結構上有大問題。像二妞這樣的重要人物，不應該中途退場，使得劉荃的農村經歷和上海經歷幾乎脫節，讓小說的結構上出現斷層。還有，黃娟自殺後故事就應該盡快結束，就像安娜．卡列尼娜臥軌後，沃倫斯基不久就去了前線，去自盡。雖然劉荃去北韓的經歷很有趣，也富有歷史意義，但從長篇的結構來看，那部分給人硬加上去的感覺，是多餘的。小說結構的中心是在男人和女人之間，一旦其中一位死去，故事就失去了中心和張力，就不宜拖延繼續。張愛玲似乎意識到《赤地之戀》結構上的毛病，她對宋琪說小說的「大綱是別人擬定的，不由她自由發揮」。她在該書的序中也說寫的是「真人事實」，言外之意不願改動故事的結構。我們不知道「別人」是誰，但外來的干預的確使《赤地之戀》的結構走了形，加上風格上的失誤，使得這部在張愛玲英文寫作生涯中至關重要的長篇失敗了。

這個失敗對張愛玲的打擊一定巨大。她經歷了一個「險惡關頭」，許多作家都面對過類似的險惡時刻，我在下篇文章中將詳談這個現象。張愛玲對這個失敗的反應是迅速、本能的，好像意識到必須盡快挽回敗局。同年她寫出了第三本英文小說，名叫 *The Rouge of the North*，但沒有出版社接受，以後修改數回，十一年後才得以出版。這個長篇就是漢語中的《怨女》，是由《金鎖記》擴展而成的。在風格上張愛玲幾乎完全屏棄以前漢語音譯的做法，如果碰到成語，就用英文將意思譯寫出來。雖然小說的行文沒有了以前的「疙疙瘩瘩」，其語言卻很沉悶，句子缺乏活力，給人的感覺是故事動不起來，缺少衝力和張力，讓人抓不到中心，實在難讀。《金鎖記》是個只適合中篇的題材，故事前半部比較緩慢，但作者《紅樓夢》式的絢麗筆調讓人讀起來有趣味，可是真正的功夫是故事的後半部，七巧怎樣漸漸毀掉了女兒長安。文學史上錢財鎖住男人心身的故事很多，但錢財這樣使女人一代代萎縮，直至斷種的故事卻很少。張愛玲寫《金鎖記》時才二十三歲，就有這樣深邃的洞見，令人驚歎。但是長篇《怨女》卻削弱了「錢財鎖命」的主題，甚至拿掉了長安這個核心人物，結果，故事蒼白無力，也缺乏深度，加上無法用英文寫出曹雪芹式的風趣，小說很難抓住讀者。

以後，張愛玲的英文風格是延續《怨女》的路子，沒有多大變化。我們在英文中再也見不到那個生機勃勃的年輕作者了。經過《赤地之戀》和《怨女》的連續失敗，她在英文的前途已經暗淡，將面對重重困難。從此出版商們將總要看見她頭上那兩片烏雲，躲而避之；除非風格上有重大突破，她的英文寫作很難重振旗鼓。

險惡時刻

英語作家常常會遇到險惡時刻（a sinister moment）。這個說法是我發明的，它並不是指有人故意作惡，製造事端，而是指寫作出版過程中出現的頗有險情惡意的時刻。這種險惡往往給人陰錯陽差的感覺，彷彿這種事遲早要發生，即使沒有人刻意為之。上文提到張愛玲的第二部英文長篇小說《赤地之戀》遇到了一個險惡時刻，從那以後，她的英文寫作一蹶不振。這種時刻通常出現在作家的頭幾本書的階段，有時第一本書就遇見了險惡時刻。我認識一位美國小說家，他的第一部書是一本很好的短篇小說集，但《紐約時報》卻給了一個非常刻薄的書評，結果他的書受到巨大傷害，沒能出平裝本。二十多年了，還能感覺到那位作家頭上懸著那片烏雲，他的寫作一直不順利。這種情況也發生在一些華語作家的英譯作品上，第一本就遇上滑鐵盧。

華裔英文作家閔安琪主要寫非虛構作品。她的第一部回憶錄《紅杜鵑》一出版就成為國際暢銷書，但她的第二本書《凱瑟琳》是一部長篇小說，不那麼成功，書評也不很好。這樣她就遇到了險惡時刻，而且是以 backlash（強烈抵制）的形勢出現的。出版商通常對 backlash 很小心，尤其是在緊接著非常成功的書之後出版新書之時。如果那本成功的書是長篇，下一本最好出短篇，這樣可以多少緩輕 backlash 的衝力。閔安琪對這段經歷十分坦誠，在公共講演時娓娓道來跟聽眾分享。由於《凱瑟琳》不成功，她的第三本書《江青傳》就沒有出版社要了。她的中間人將手稿送到十幾家書商手上，但每一家都拒絕接受。最後已經不能繼續投送了，閔安琪就告訴她的中間人把手稿扔掉，她將從頭來，寫下一本書。可就在此時，最後一家出版社 Houghton Mifflin 同意購買《江青傳》。翌年此書一出版就成了暢銷書，這樣閔安琪就重新站穩了。她心理素質非常好，遇到險惡時刻能做到不折不敗。三十多年來她能在美國不斷出書，擁有廣大的讀者，是因為她具有超強的韌性。

有時險惡時刻並不以艱難困窘的情形出現。《稱為睡眠》的作者亨利．羅斯的前妻，伊塔露．沃爾頓，家境富裕，她處處給他提供寫作的條件。他在寫《稱為睡眠》的那兩年裡（三〇年代初），正值美國經濟大蕭條，妻子卻為他在曼哈頓租下一個安靜的房子，專用於他寫作。他生活得安安穩穩，每天全日寫作，用他自己的話說，活得「像個隱士」。書寫完了，妻子卻已經跟他人墜入戀情，但她仍為羅斯找到了一家出版社。《稱為睡眠》雖然出現得不是時機，但也算成功，不久就重版了。接著一家大出版社（Scribner）跟羅斯簽了合同，並付了預支，讓他寫第二部長篇。可是他寫了一百頁就放棄了，此書沒有了下文。多年後他是這樣解釋的：「我沒繼續寫的主要原因是我沒成熟。寫《稱為睡眠》時，我展現孩子的心態，所以不需要長大。還有伊塔露在支持我，我不必長大。我認為自己在即將成人的關頭失敗了……如果我是個窮鬼，他們會說，你再寫一部分，就會再拿到一千美元，我可能會憋足勁兒寫下去。但我沒有需求，光悠哉閒混了。」也就是說，優渥的寫作條件其實窒息了二十多歲的天才。此後幾十年裡羅斯再沒認真寫作，最終成一本書的小說家。（六十多歲後，他又拿起筆來，但已經沒有了以前的才氣和體力；他晚年寫的「哈德遜四部曲」平淡無奇，沒了早年蓬勃的生機和湧動。）

也許最富有戲劇性的險惡時刻出現在納博科夫的《普寧》一書出版之前。五〇年代中期，納博科夫已經在美國生活十五、六年了，頗具文名。他已出版了兩部英文小說和一本回憶錄，他的作品常在《紐約客》、《大西洋月刊》等頂尖雜誌上刊登。在文學圈子裡，納博科夫廣為尊敬，許多人認為他是偉大的作家。但在商業上，他的作品不算成功，他對妹妹說自己的回憶錄：「雖然我出了名，卻沒賺到錢。」

《蘿莉塔》五〇年代中期在美國根本找不到出版社，大家都不敢出這部小說。連納博科夫在維京出版社的朋友柯文奇也不敢接受，說如果出了這部書他們或許得交罰款或進監獄。柯文奇是出版界資深編輯，出版過史坦貝克、索爾·貝婁、亨利·米勒等重要的美國作家，也是納博科夫多年的朋友。當時，納博科夫已經在寫《普寧》，其中的四章陸續在紐約客上發表，廣受好評。

出於敬重和友情，柯文奇跟納博科夫簽了合同要出版《普寧》，並付了預支。可是，一九五五秋季柯文奇接到小說的原稿，卻認為這不過是一些堆積在一起的描述，而不是一部長篇小說。納博科夫當然不高興，回信努力說服朋友，希望能出版《普寧》。他說：「我為你提供的是文學上的一位全新的人物，一位重要又十分令人憐憫的人物。文學中新的人物不是每天都出現的。」他甚至懇求柯文奇告訴他實情，這樣他倆「能繼續成為好朋友」。但柯文奇堅持撤銷了合同，還逼納博科夫退還了預支。從此，他們間的友情就漸漸淡薄消散了。

《普寧》於一九五七年由雙日出版社出版，好評如潮，很快就重版，次年入圍國家圖書獎。一九五八年八月《蘿莉塔》由一家中型出版社（Grove）出版，出書的第二天就成為書界歡慶的事件，隨即成為全美國的話題。

納博科夫經歷的險惡時刻不只是他作家本人的，也是他那位編輯的惡夢。這原本應該是柯文奇出版生涯中值得榮耀的一頁，卻成為敗筆，讓他失去了一位好朋友，失去了商機，失去了已經在自己手中的一位偉大作家。

美國人為什麼不喜歡讀翻譯作品

在歐洲，我經常聽到各國的作家抱怨美國出版界太保守，使他們的書很難進入北美市場。我的印象是美國圖書市場的大小與歐洲各國圖書市場加在一起差不多，所以對歐洲作家來說，如果能進入北美書市就等於開闢了另一片大陸，收入和生活就有了更多的保障。

這一點在加拿大的作家們身上表現得尤為明顯。加國的書市屬於大英聯邦的系統，加拿大出版的書不能在美國賣，這樣美國就自然地把大多數加拿大作家拒之門外。但有幾位加國作家能在美國能直接出版，而且很暢銷，像瑪格麗特·愛特伍、麥可·翁達傑、羅辛頓·米斯瑞等人。他們都過得挺滋潤，能夠全職寫作，而大部分加拿大作家都要靠教書和資助來維持。由於美國的圖書市場巨大，美國作家們似乎不太在乎國外市場，只要能在國內有穩定的讀者群，他們就可以生存下去。同樣，美國的讀者對翻譯過來的作品不是非常感興趣。這並非全是由於保守，心理上閉關自壘。美國文學界其實一直努力推動介紹國外作品，近來國家圖書獎甚至設立了翻譯獎，但這種努力並不很成功。很少有翻譯成英文的作品在美國暢銷。

首先，無論譯文的多麼高超，翻譯過程中總會失去許多。在詩歌方面，聲音是根本不可譯的，能譯的只是意義、意象和情致。

每一種語言中都有各種各樣的回聲，這些回聲產生重疊和多層的意思和情趣，這通常也是無法翻譯的。比如劉震雲的長篇《一句頂一萬句》，光是這個書名就沒法準確地譯成英文。它的英文書名是 *Someone to Speak To*，這完全丟失了原書名中在漢語中的回聲：沒有了文革時期人們歌頌誇大毛澤東思想的背景，也就失去了原文中的詼諧。劉震雲的《我不是潘金蓮》的英文書名是 *I Did Not Kill My Husband*，因為英文讀者不熟悉《水滸傳》，無法明白潘金蓮是什麼樣的女人。跟漢語一樣，英文中也有類似的回聲，翻譯過來就失去了令人回味的層次，所以很多讀者覺得翻譯的書乏味。例如，「Freedom is never free」這句話譯成漢語只能是「自由從來不是免費的」，雖然意思完全準確，卻失去了由 freedom 和 free 構成的諧音和意趣。美國讀者非常在意這種在翻譯過程中的丟失。

此外，英文與漢字不同，是拼音文字。漢語的文學語言實際上跟口語並沒有直接的聯繫，是凌駕於口語之上的。最近遇到一位廣東的讀者，他對美國聽眾談起自己讀李白的詩的經驗。他說：「一開始我是用粵語讀的，他的詩太美了。後來我又用國語讀了一遍，還是太美了。」這話道出了漢語文學語言的真實處境：它的藝術之美是建立在對各種方言土語的壓制之上的，所以非常穩定，而且傳播廣泛。但英文的文學語言是建立在反映各種方言基礎上的，伸縮的空間非常大，各種各樣的土話俚語都可以融入作品，而且這常被認為是語言的活力表現。英文讀者要感受的是小說中的一種氣韻，彷彿要聽到作家直接跟他們說話。這是為什麼英文小說的語氣至關重要，讀者要感受可以觸摸的語言。而這種語言在譯文中很少能再現。即使是優秀的翻譯家，其譯作也往往是眾人一語，表現的是翻譯家自己的風格。所以，美國讀者常常覺得翻譯作品讀起來沒有活生生的氣息。

大部分英文小說的對話如果翻譯成漢語就失去了原來的味道。例如，一位沒受多少教育的人說：「I ain't do nothing.」這句話在日常生活中很自然，類似的話在美國小說的對話中也常出現，但漢語只能譯成「我啥都沒做」。如果那人還說：「I can't do no more.」譯文只能是「我再也做不了什麼了」。原文表達的是說話人不說標準的英語，而漢語則譯成恰恰是標準的話語。一般來說，翻譯家們不在譯文中摻入俚語土話，因為人太難掌握，容易穿幫亂套；只要譯得通暢達意就可以了。這樣就使譯文變得平淡乏味，語言中也就失去了各種各樣的層次。而這些語言中的層次正是英文讀者欣賞和喜愛的，沒有了這些層次，他們就感覺不到鮮活的人物，甚至跟故事產生隔膜。

還有一種小說在英語文學中很普遍，但無法完整地翻譯，就是多聲小說（polyphonic fiction）。這種小說通常只有英語為母語的作家才能寫，即使是納博科夫也不敢涉足這樣的小說，當然納氏有自己的過人之處。這種小說通常有多個敘述者和各種各樣的語音。例如《稱為睡眠》和《憤怒的葡萄》。前者是移民文學的里程碑，也是英文小說中最眾聲喧嚣的作品，寫得飽滿充沛，但根本無法翻譯。《憤怒的葡萄》則像一部交響樂，各種各樣的聲音和曲調都被精巧地融入這部史詩中；可以說它是美國文學中寫得最精緻的長篇小說。但在漢語譯文中它在語言方面的突破和成就卻不見了，小說也就變得平淡。記得讀研究生時有位同窗讀完漢譯的《憤怒的葡萄》後說：「這書寫得太土氣了！」──那時我英文不好，沒法直接欣賞原著，後來才明白譯文失去了許多原著的精髓。同樣的道理，優秀的美國讀者知道在別的語言中的多聲小說無法在英文中再現，所以他們盡量讀原著，不相信譯作。

其實，美國的文學愛好者還是非常喜歡讀翻譯作品的。每隔幾年都會有新譯的經典作品出現，以使那些傑作的語言更接近當下的英語。我以前的一位同事是俄國人，是蘇俄文學的知名學者；他曾告訴我英語中的契訶夫比俄語中的契訶夫還要精緻。這是因為契訶夫的作品在英語中反覆翻譯，以便滿足一代又一代讀者的需要，也就使其變得越發精美。俄國文學的最重要的譯者是康斯坦斯・加尼特（Constance Garnett, 1861-1946），這位非凡的英國女士翻譯了全部經典的俄羅斯作品。她的譯文激情充沛，語句自然，一直由廣大的讀者喜愛，其中許多在美國不斷被重新編輯，以使她的譯文在語言上更接近當下。每回我遇見她的被翻新的譯作就一定買下，很多熱愛俄國文學的美國讀者也如此。

小說的內部結構和外部結構

這兩個關於小說結構的術語是我發明的，主要是為了能在課堂上說明小說的構造和部件。內部結構是指故事本身的敘述和展開，而外部結構是指小說的章節安排，敘述角度和人物配置等技術層次。顯然，這種區分是主觀的，也不夠嚴謹，完全是為了能說明問題。其實，小說的內部結構和外部結構總是混在一起的，例如，情節的安排既屬於內部也屬於外部。理想的外部結構應當是內部結構的延伸和體現，就是說故事本身構成了特殊而又恰到好處的章節安排。最能說明這一點的長篇小說是《稱為睡眠》（*Call It Sleep*），其中的四部分——〈地窖〉、〈一幅畫〉、〈煤〉、〈鐵軌〉——都是從主人翁成長過程中心裡糾結的四種東西，這四個具有象徵性的意象是四根柱子，支撐起整個小說的建築。《稱為睡眠》是偉大的小說，它的最富有原創之處是這種以人物心理來從空間建造小說的構架。但它並不完美，毛病很多；偉大的東西通常都不完美，小說也是這樣。《熱與塵》（*Heat and Dust*）是技巧上無懈可擊的長篇，少有的完美，但它算不上偉大，不夠厚重。

胡適是紅學的創始人之一，一生都在研究《紅樓夢》，但他有一回卻對唐德剛說：《紅樓夢》不是好小說，沒有plot（情節），沒有結構。唐是紅粉，就反問胡適那他為什麼做了那麼多年的《紅樓夢》研究。胡適說：「好玩唄。」在給蘇雪林的信中，胡適表達了同樣的觀點，坦承自己「差不多沒有說過一句讚頌《紅樓夢》的話」。他甚至認為《紅樓夢》思想上不如《儒林外史》，技藝方面比《海上花列傳》遜色。上海作家格非在瑞典皇家文學院看到許多漢語經典的譯書，卻唯獨不見《紅樓夢》；馬悅然對他解釋說：「我們看過了《紅樓夢》，但覺得《紅樓夢》寫得不好。」

胡適和許多外國專家是從《紅樓夢》的外部結構來批評的，自然在他們眼裡，這部小說沒有建築感，章節布局不緊湊，故事有頭無尾，囉囉嗦嗦好像永遠講不完，加上人物過多。傳統的漢語小說的確沒有建築意識，外部結構自然很糟糕。但如果從其內部結構來看，《紅樓夢》仍有它的偉大之處，尤其是對人物的塑造和語言風格，就是說曹雪芹主要是靠「內功」來寫作的。小說的內部結構比外部結構要重要得多，後者誰都可以習得；只要你細讀了一些經典作品，瞭解了小說的技藝，就不太難掌握。但不是誰都能把故事講得生動有趣。就像踢足球，許多人都知道怎樣觀賞點評，甚至布局，但沒幾個人能上場參加比賽。對小說家來說，最主要的是能把句子寫好，把段落做精緻，把故事講生動；這種「內功」是天生的，是作家的才華所在。每一個優秀的作家的文字都有一種氣韻，是別人學不來的。

奈波爾沒寫小說之前曾在BBC廣播公司工作。有一回他在打字機上寫了幾個句子，一位編輯碰巧讀到了，就對他說：你將成為非凡的作家。奈波爾與眾不同之處並不只是句子寫得好，許多人都能寫好句子，但奈波爾能堅持發展自己的能力，從不停筆，最終成為英文散文大師。在他的履歷中，他常常強調自己從二十二歲起就全職寫作，心無旁騖，靠筆謀生。他的句子毫不華麗，但有流動感和骨子裡的美，讓人讀了一段就想讀下一段，一本書常給人一氣呵成的感覺。《大河灣》裡的史學家雷蒙德道出了奈波爾行文的祕密：「我發現散文敘述中最難的是找到事物之間的連接。這種連接也許只是一個句子，甚至是一個詞。它總結上文說的事情，也準備好講述下一件事。」《大河灣》裡到處都運用這個技巧，比如有一節是這樣開頭的：「麥提也同樣心事重重。」上文說的是敘述人自己多麼憂慮又孤單，這裡只用一個副詞「也」就完成了轉承作用，把兩個章節連接起來。其實，這完全是文字創造的連接，上下文並沒有戲劇聯繫。《大河灣》的內部結構中充滿了類似的由文字創造的奇妙連接。

奈波爾甚至將這個技巧上升到《大河灣》的外部結構上。比如，第一部分的結尾和第二部分的開始講的是同一件事情，即休斯曼神父之死。顯然，奈波爾要把這兩部分通過戲劇發展緊密地連在一起，以給人渾然一體之感。這種技巧被他在章節之間系統地運用。但就小說技藝而論，通常章節之間的空檔正是壓縮時間和轉換敘述角度的地方，如果抹掉了這種間隔，時間在故事中也就仍然從上文延續，從而沒有了跨度，就是說這種章節之間的空白沒能壓縮時間。然而，奈波爾把段落之間的訣竅運用到《大河灣》的章節和部卷方面，消除了各部分之間應有的空檔，這就使小說的外部結構有些失調。主人翁在河邊的鎮上待了十多年，但故事給人的印象是只發生了三、四年。不能不說這是由於小說外部結構上的失誤。奈波爾在小說的外部結構方面從來都不很強，但他富有洞察力，文風勁健，磅礴恣肆，《大河灣》憑它的內部結構足以成為經典，而其外部結構並不至關重要。對我個人來說，這本書是我的貼心之作，是偉大的小說。

類似奈波爾這樣的主要靠「內功」寫作的小說家很多，例如村上春樹。村上在小說的外部結構和思想方面比較弱，但大家喜歡讀他的小說因為他文筆清新流暢，也有力量。他是在句子和段落方面做得非常好，是優秀的風格家；讀他的小說，特別是《挪威的森林》，給人沉浸在爵士樂中的感覺，但讀完後並不覺得有新的領悟，沒有讀奈波爾時讓人心目豁亮的見解。我曾對莫言談起讀村上的感受，說他就像一位明星遠動員，一上場觀眾就都叫好，他要速度有速度，要彈跳有彈跳，舉手投足都是巨星的範兒，只是進球不很多。莫言嘿嘿一笑，說：「就是不進球。」

小說中的細節

好的細節反映小說家獨特的眼力，也是作家才華的標誌。有一些小說本身並沒有多少思想，結構也不新穎，但其中的一些細節讓人過目難忘。東北小說家蕭紅的作品就是這樣，美國女作家卡森・麥卡勒斯（一九一七—一九六七）也是這樣的天才。

談起細節，人們常常提起契訶夫的經典理論：如果小說中出現一支掛在牆上的獵槍，那麼故事中的某處就應該有人取下這支槍，並使用它。契訶夫指的是戲劇性細節。這種細節主要用於推動劇情的發展和複雜化，具有連貫性，就是說它應當反覆出現，每次出現都增添新的意義。經典小說中這類細節比比皆是。安娜·卡列尼娜與沃倫斯基第一回見面是在火車站，並遇到一個事故：一個男人被列車撞死了。這使安娜的身心遭到巨大撞擊，而沃倫斯基出於同情和表現自己的慷慨，當場為死者的遺孀捐了兩百盧布。他倆的情事從此開始發展，最終由於絕望和瘋狂，安娜臥軌自殺了。故事的結尾沃倫斯基乘火車去前線作戰，也等於去自殺。這樣，他們的愛情從火車開始到火車結束。火車這個細節貫穿了整個故事，這是經典的戲劇性細節。

不過，小說中還要有各種別的細節，其中許多並不重複出現，但對故事仍是重要的，尤其是對人物的刻劃。優秀的小說通常是鮮活的細節的積累：一個又一個的細節賦予故事特殊的生命力。描述人物的細節往往比戲劇性情節出現得更多，更頻繁，更能顯示作者獨具的眼光。奈波爾在《大河灣》中有這樣一個細節：

（薩利姆敘說自己怎樣同朋友馬亥適交談）從紅銅他接著談起別的金屬，我倆瞎扯了一陣，說了些關於鉾和鉛的前景。然後他說：「鈾——你看它怎樣？他們現在出什麼價錢？」

我說：「我不覺得有人在出價賣鈾。」

他瞥了我一眼，滿臉蔑視。「不過肯定價錢挺高吧？這裡有個傢伙要賣一塊。」

「鈾是按塊賣的嗎？那東西什麼樣？」

「我也沒見過。但那傢伙要一百萬美元才賣一塊。」

我們就是那樣。前幾天還到處找食物，打開生鏽的罐頭，在地上挖個坑，支上炭火盆煮飯；而今天卻談起一百萬美元的生意，好像我們一輩子都在做數百萬美元的交易。

這是一個典型的展示人物的細節，其中的可笑和幽默表現了身在非洲的印度移民們的窄小世界和狹隘視野。這個細節在小說中只出現一次，也不跟上下文有戲劇性的聯繫，但它對人物的刻劃卻非常生動，揭示了他們生活的質量，可以說是小說的精神部分，是必不可少的。寫小說時，特別是長篇小說，有許多細節並不推助故事，甚至也不揭示人物，但只要它們準確鮮活，就應該將它們融入，因為豐富的細節會給文字提供獨特的質地，甚至讓人耳目一新。還有許多細節是屬於氣氛性的，可以給小說增添的生活底色。一般來說，只要細節能表現人物生活的品質就應該寫進小說。

有一些小說中的細節不但促進劇情，而且也相互呼應，構成體系，這樣也就具有了象徵意義。這種安排需要作家有類似作曲家的意識，講究小說中細節之間的回聲和共鳴的效果。例如，佐藤周作的《沉默》中上帝的靜默不斷在喜劇的高潮之處出現，彷彿要強調神對人類的苦難多麼無動於衷；同時，又常有一個伴協的動靜——一隻蟬在絲絲地鳴響。這個蟬聲跟上帝的沉默相互呼應，創造出一種恆久單調的背景，使人物的生命和苦難更加微不足道。這部小說中還有另一個象徵性的細節，就是基督的面龐。這張從燦爛的陽剛之臉漸漸地變成醜陋枯槁的女性之臉。這個變化過程象徵著主人翁的心理變化和故事發展的另一個形而上的線路——它在《聖經》的層面延伸。這些象徵性的細節增加了《沉默》的厚重感。

還有一種很難把握的細節，可以稱為風格細節。它們不與劇情、人物、主題有什麼聯繫，主要變現敘述人或作家的風格。用得不當，這種細節往往會劍走偏鋒，給人自我放縱的印象。納博科夫常用這種細節，而且總是做得絕妙，令人驚歎。比如在《普寧》一書中，敘述人在講普寧跟房東打電話，好租一間屋子，但筆鋒一轉就胡侃起來：「從技巧上說，敘述的藝術還不足以容納各種各樣的對話，還落在它們後面，還不能夠再現這樣的對話——在房子與房子之間，在兩個窗戶之間，窗下是一座古城中的藍色的窄巷，城裡水源匱乏，連驢子都打不起精神，但那裡卻有地毯出售，還有清真光塔，外國人和香瓜，以及晨光裡的回聲。」這完全是信馬由韁，但它體現了獨特的情致和恣肆的行文風格，也是超小說（metafiction）的一種形式。又如，普寧披上大衣去學院圖書館，原本是用一句話，甚至一個短語，就可以描寫的細節，卻被納氏這樣來處理：「一想起普寧的俄國知識分子式穿大衣的方法，我心裡就熱呼呼的：他前傾的額頭展現出理想的光禿，他碩大的、美妙的荷蘭下巴將綠色橫掛的圍脖緊緊地壓在前胸，同時寬闊的雙肩熟練地一抖，他就兩臂同時插進衣袖；再輕聳一下就穿上了大衣。」這種「誇張」的細節主要是為風格服務的，彷彿敘述人能口無遮攔，侃個沒完，不管說什麼都有趣新鮮。納博科夫是細節方面做得最精緻的作家。他給青年作家的忠告是：「撫摸你的細節吧，那些神聖的細節。」

雖然小說家可以憑空打造細節，但還是要避免錯誤的細節，尤其是要避免不合時宜的細節。比如，大陸有一部古裝戲中鄉下的飯館賣麵條，但州府大爺端上來的卻是一碗碗彎彎曲曲的泡麵。這讓人哭笑不得，覺得編劇不尊重觀眾的智商。又如，電影

《流浪地球》裡加上了晚上居委會分餃子的細節，這是小說中原來並沒有的；四個世紀後怎麼還會有居委會呢？一部長篇中如果有一兩個不恰當的細節，讀者或許可以原諒，但如果超過五、六個，故事就變得不可信了。

也談奈波爾的《米格爾大街》

《米格爾大街》是奈波爾的第一部漢語譯作，由張琪翻譯，一九九二在大陸出版，但那裡的書界沒有什麼反響。直到二〇〇一年他獲得了諾貝爾文學獎，此書才漸漸熱起來，此後還出現了別的譯本，同樣廣受好評。台灣的遠流於二〇〇七年出版了張琪譯的《米格爾大街》，但反應平平，遠不如奈波爾的代表作——《畢斯華斯先生的房子》和《大河灣》——那樣受讀者青睞。

台灣的批評界對奈波爾在《米格爾大街》中所表現的社會態度有所保留，這與英美文學界一致，大家都認為書中的一些看法和觀察有種族主義之嫌。可以肯定說奈波爾是種族主義者，但他文筆犀利，洞察入微，是一位偉大的作家。我從九〇年代初就一直讚賞奈波爾，直到現在《大河灣》仍是我最喜愛的當代長篇小說之一。一九九六年秋季我參加了評選一個重要的國際文學獎，我提名奈波爾，有一位牙買加的作家也提名奈波爾；原以為憑雙重提名，他應該能拿到這個獎，但沒有一位女評委和非洲評委投他的票，結果他還是名落孫山了。在眾人眼裡，他太反動了。儘管他是我心儀的大師，但對他的《米格爾大街》我一直心存保留，不認為它是偉大的作品，不像大陸的作家和批評家推崇的那樣。

首先，這是一部在奈波爾寫作生涯中的過渡性作品。他曾說過自己寫作中一般多半的時間用於尋找題材，因為他來自小國千里達，沒有可以講的故事。這跟庫切對他的評論相同：奈波爾最終成為作家完全是依靠強人的意志，在寫作過程中不斷尋找題材，最終發現他最重要的題材是像自己這樣一個沒有國家的人怎樣生存發展。奈波爾對他早年的朋友保爾・瑟魯（Paul Theroux）談起《米格爾大街》一書時說：「好懸把我累死。」這是一本薄薄的小書，其中的人物和劇情並不豐富複雜，然而是什麼讓作者寫得這麼費力呢？

這本書最大的過人之處是語言，而這種語言的特徵無法翻譯過來。奈波爾力圖創造出一種能反映千里達底層人群使用的英語，這種英語充滿俚語和土話，語法混亂，但十分富有表達力和生活氣息。不過，這種英語是邊緣或邊區的，其中的韻味只有在原文中才能體會到。

第一篇〈鮑嘉〉一開頭哈特就問：「What happening there?」張琪的譯文是：「有什麼事嗎？」原句中缺了半個動詞，但漢語不是拼音文字，只能翻譯得那麼標準。又如：「哈特說，You think he gone Venezuela?」這句原話失去了助動詞和介詞，語法上完全不通，但漢譯卻十分通順：「你們覺得他會不會去了委內瑞拉？」原文中不標準的對話是這本書的精髓，書中大部分對話都是用類似的不倫不類的英語來進行的。比如：對話中根本沒有賓格代詞，himself被說成hisself；to her說成to she. 再加上各個人物有自己的口音，就使對話更加生動。鮑嘉喊道：「Shaddup, Hat!」（Shut up, Hat），這種不正確的發音也無法在譯文中再現，只能譯成「住嘴」。就是說，漢語讀者讀到的是跟原著相差甚遠的作品，整個譯文十分雅致，卻失去了一個最重要的因素：語言的俚俗和多樣化。所以，當漢語讀者們讚美此書的語言時，會給人隔霧看山的感覺。還要指出的是，對於奈波爾來說，這種語言只是一種試驗，一個過渡。像小說的述說者最後離開了千里達，奈波爾在《米格爾大街》之後就再不用這種語言寫作了，他的場景和人物也都轉移到世界別的地域。他也必須用一種更豐富、更具普遍性的英語來寫作。

漢語讀者通常把《米格爾大街》作為短篇小說集來讀，大陸的評論家們甚至將其與喬伊斯的《都柏林人》和安德森的《小城畸人》相提並論，其實這都是誤讀，缺乏文本常識。作為短篇小說，這些故事幾乎都不「成個」，沒有完成，人物沒能充分發展，劇情過於簡單。奈波爾不是優秀的短篇小說家，英美文學中的短篇選集很少選他的短篇。八、九〇年代間的一些短篇選集有選他的作品，但往往是從他的長篇或中篇裡摘選出來的章節。這一點在奈波爾對《米格爾大街》的故事安排上也可以看出來：他用數字把書中的篇章從一排到十七，以強調書的連貫性敘述，要讀者把該書作為一個整體來讀，像一部長篇。沒有短篇小說集是這樣布局安排的。一九八二年他出了一部書名叫《三個長篇小說》，其中的最後一部就是《米格爾大街》，這說明他更傾向把此書當做長篇。

台灣讀者多是讀西方文學長大的，對短篇小說的形式比較熟悉，這可以解釋為什麼台灣讀者對《米格爾大街》作為短篇小說集的反應並不熱烈。但大陸的讀者則不同，非常熱衷於這本「短篇」集子，甚至視為經典，這可能與他們比較熟中大陸的筆記小說有關。傳統中的筆記小說跟奈波爾的《米格爾大街》的文采很相似，寥寥幾筆就勒畫出鮮活的人物，就說明了事件，但並不力求發展人物和戲劇，也不追求結構的完整。

我的另一個解釋則比較灰暗，就是大陸的讀者往往重整體而輕局部，就像那裡的社會意識和文化潮流。我的美國朋友霍爾姆

（Bill Holm, 1943-2009）是位優秀的音樂家，在武漢教過書，寫了一本書，名叫《歸鄉喜若狂》（*Coming Home Crazy*）。他對中華文化十分熱愛，在書中對中西音樂做過這樣的觀察：西方音樂從每一個音、每一個短句，每一個曲調開始；每一個部分都要做得完美，然後才能融合擴展成完整的作品；大陸音樂則不注重這些局部的東西，而專注於作品的整體效果；不過這兩種方法最終的效果其實相差無幾。我想霍爾姆的話也能間接地解釋大陸的讀者們對《米格爾大街》的傾心：他們不注重每一篇的完整，只看全書的效果。

其實，還有一個大家疏忽了的層次，就是奈波爾要寫一本文體獨特的書（genre bender）：它有些像筆記，有些像短篇，又有些像長篇。類似的做法他後來在《抵達之謎》中更有所發揮。

生活經驗與小說創作

文學評論家喜歡強調生活經驗在小說創作中的功用，認為這是優秀作品的基礎。近來常見到「二手經驗」這個詞，說的是小說中的細節多來自別人或文字，並不是作者的親身經歷，缺乏現場感。大陸的作家協會多年來一直鼓勵並派作家去基層和農村，去「采風」，以能更好的展現生活，寫出「人民大眾喜聞樂見的作品」。這是延承毛澤東〈在延安文藝座談會上的講話〉中所提倡的傳統，要文藝反映現實生活。其實，文藝不是再現，而是表現，要表達對生活有某種獨特的感受和闡釋。這種表現應該給生活一個形態和邏輯，只能出自藝術家個人。

雖然生活也許沒有邏輯，但小說家自己的看法應該給生活某種邏輯。沒有人能經歷作品中所有的經驗，也不需要，因為不必吃一整頭牛才能知道牛肉的滋味。關鍵在於怎樣體驗肉的味道，把它描述得恰當又新鮮。好的小說能通過一部分經驗就給人完整或全部的感覺。甚至我們說的真實，也只是一種感覺，讓人以為生活就是這樣。也就是說表現要有部分現實根據，不能把牛肉描寫成雞肉或豬肉。

二手經驗並不構成小說創作的欠缺。文學史上靠二手經驗寫的優秀作品很多。《戰爭與和平》寫的是托爾斯泰爺爺一輩的事情，創作中托翁用了大量的史料和士兵的日記，但讀者從不感覺書中的細節有隔膜，我們並不覺得托翁在借用別人的經驗，完全信服。最能說明直接經驗和二手經驗的關係的作品應該是《憤怒的葡萄》和《那些人沒有名字》。

有些讀者對後者可能不熟悉，它的作者是薩羅娜．巴布（Sanora Babb, 1907-2005）。《憤怒的葡萄》和《那些人沒有名字》寫的都是奧克拉荷馬州的難民離鄉背井的經歷，兩部小說的寫作也是同時進行的。巴布在奧州土生土長，家境貧困，從小就生活在底層，後來她移居加州，並一直與來自奧州的難民打交道，還在難民營裡工作。就是說她對自己小說裡的經驗完全感同身受，都是一手的。而史坦貝克動筆之前從未在過奧克拉荷馬州待過，只是和妻子從芝加哥返回加州時，沿著六十六號公路，兩人通過奧州。這就是他的全部直接經驗。碰巧的是巴布的老闆湯姆．科林斯是一位業餘社會學家，多年來從事難民的救濟工作，管理難民營，並收集他們的各種資訊——難民們的生活狀態、經濟條件、語言風格、舉止和習俗等等。薩羅娜．巴布是科林斯的祕書，她的工作包括收集移民的這些資料。碰巧科林斯和史坦貝克是好朋友，兩人一起做過接濟洪水難民的工作。後來科林斯讓史坦貝克隨便使用這些由巴布掌管的資料。這樣，巴布和史坦貝克用同樣的材料在寫自己的小說，但巴布擁有更多的一手經驗。

一九三八年《憤怒的葡萄》出版了，轟動美國，次年獲得普利茲獎。但奧克拉荷馬州和加州的居民卻很憤怒，認為小說歪曲現實，誹謗中傷了他們。尤其是奧州的居民，他們堅稱自己不像小說描述的那麼粗俗、那麼野蠻、那麼言語低劣。該州的一位議員宣稱：「如果把這本書的前後封面去掉，剩下的只有低級下流。」奧州各地的圖書館將《憤怒的葡萄》列為禁書，連後來去該州拍電影的劇組也不讓入境。奧州州立大學的董事會決定組建一支強大的橄欖球隊，好奪得全國冠軍，以挽救奧州人的形象和信心。自從《湯姆叔叔的小屋》以來，還沒有另一部美國小說對公共造成這麼大的衝擊。就小說而論，《憤怒的葡萄》是里程碑式的作品，是多聲小說的典範。全書寫得雄壯磅礴，激情湧動，精緻又複雜，尤其是其中的十六個插入章節，每一個都是一首獨特的詩篇；這種詩意只有在英文原著中才能領會到。這部小說的形式是在文學史上的首創，在結構方面有多個層次，有思想和令人發聵的見地。無論從哪方面看，它都是偉大的小說。即使今天讀起來依然新鮮生猛，令人震撼，其中涉及的諸多問題仍是時下的。史坦貝克寫此書時，意識到自己藝術已伸展到極限，在日記中他沮喪地寫道：「我不是作家。」他對自己的能力產生懷疑，但他的才華在於能挺住，硬是把這部巨著完成了。

由於《憤怒的葡萄》奪了商機，一年就賣了四十三萬本，就沒有出版商接受巴布的《那些人沒有名字》了。有些知道內情的人氣憤不過，因為史坦貝克依據的是二手經驗，是外來者，而巴布卻擁有直接經驗，完全是局內人。多年來巴布的長篇手稿一直束之高閣，直到六十多年後（二〇一二年）才由奧克拉荷馬州州立大學出版。有些人認為巴布總算伸冤了，還有個別人相信《那些人沒有名字》比《憤怒的葡萄》寫得更好。但只要讀一下，就不難看出兩部小說不能同日而語。巴布的書沒有戲劇張力，進度緩慢，沒有方向感，人物太多又眾人一面，語言乾巴，也沒有層次，雖然偶爾出現真確的細節。全書給人鬆散的感覺，沒有流動感，難以卒讀。如果硬把兩部小說放在一起比較，《那些人沒有名字》只能顯得更加相形見絀。

顯然，一手經驗和二手經驗並不決定小說的質量。經驗只是小說藝術的一小部分，此外還有對生活的感受和洞見，一位傑出的小說家一定要有對事物獨到的看法，這種眼光會給作品帶來獨特的表現，讓人們對通常看不透、說不清的東西霍然透亮。當然還要有想像力，甚至是幻想，以使小說能高於生活。真正的文學能發出光亮，能照明生活。除了這些，還要有對小說技藝全面的掌握。這種掌握需要長久的努力，但終究是可以習得的。

獨特的作品產生於獨特的作者，所以歸根結柢小說家寫作還是要依靠自己的功力，而不是靠直接的生活經歷。讓我們牢記里爾克的忠告吧：「你必須改變自己。」

回憶錄的局限

二十多年前我常參加創意寫作集會，其中的一項工作是為寫作新人「會診」他們的作品。他們中有的已經在一部作品上花了不少精力，但仍不知所措，無法完成書稿。很多人的第一部作品都是回憶錄，還有的不倫不類，既不是虛構也不是非虛構。而作者們常遇到的困惑是究竟把自己的書寫成小說，還是寫成自傳。

遇到這種情況，我就告訴他們：長篇小說作為一種藝術形式有更大的想像和發揮的空間，你可以放入沒有發生過的事物，可以創造人物，以把作品做得完整，然而回憶錄則沒有這樣創造的空間，因為沒有發生的事就不能寫進書裡。我常聽到的回答是：「我要讓人們知道這些事發生在我身上！」既然作者比作品更重要，我就無語了，那他們就只能寫回憶錄了。

其實，我還有更多的話要說，但覺得對寫作新人還是不說為好。從實際方面看，回憶錄通常會比小說更有銷路，但會一陣風就過去，就是說存架的時間比較短。還有，小說作為藝術形式要比回憶錄高出許多，成功的小說更能幫助作家建立身分和聲譽，而回憶錄則很難。這類例子多得是。例如，大陸作家虹影的代表作《飢餓的女兒》於一九九七年由台灣爾雅出版，三年後由四川人民出版社出了簡體字版。在漢語中它是以自傳體小說出版的，這部優秀、生猛的小說短短幾年就把虹影推到中國女作家的前列。而這部書的英文版於二〇〇〇年出版，銷路和書評都很好，但在文學界卻沒有什麼反響，因為在英文世界中它是以回憶錄的形式推出的。很少有人將成功的回憶錄作者當做令人矚目的作家。可以說，虹影被她的美國書商貶低了。

美國出版界有熱中於亞裔女性回憶錄的傳統。這跟亞裔女性在美國社會比較受歡迎有關。在美國男人心目中，亞裔女性好接近，體貼人，有的很性感，所以就有了「黃熱病」（Yellow Fever）這個說法。從這個意義上說，亞裔女性的回憶錄多少能滿足許多讀者的「窺視癖」。

最經典的例子是湯婷婷的《女勇士》。這本書開始是以長篇小說形式寫的，甚至有兩個敘事者，故事中融入了許多漢語文學裡的事件、傳說和神話，像花木蘭和蔡文姬等等。但就在出書的前幾週，出版商說服了湯婷婷以回憶錄來出版這本書。湯同意了。這個改變使該書獲得巨大成功，贏得了美國國家圖書獎。但它也激怒了一些男性的亞裔美國作家，包括湯婷婷當時的朋友趙健秀。在她沒下決心接受出版商的建議之前，趙健秀就力勸她以小說形式出版此書。趙在信中說：「你要堅持這是部小說，別提自傳……作為小說，我可以喜歡你寫的東西；即使我不必認同你的敘述者或你的人物，我可以贊同你文筆的精巧，但作為自傳，我對其中的差誤無法認同。」這本書做為自傳出來後，他們之間的友誼變成敵意。趙健秀甚至要對湯婷婷拳腳相加。他攻擊湯婷婷說：「黃種人的自傳體是白種人的種族主義文體，是對我們的寫作的侮辱。它把我們當成怪物，當成人類學的現象保存並收養在白人的動物園裡，但並不把我們當做擁有完成複雜世界的人。」從此，他倆的冤仇持續了許多年，從未和好。

不過，趙健秀對亞裔回憶錄（自傳）的看法有些過於簡單。我認識一位亞裔美國作家，他母親是韓裔，父親是德國人。他寫了一部回憶錄名叫《回憶我的鬼兄弟》（*Memories of My Ghost Brothers*），但編輯過程快結束時，出版社逼他將書以小說出版，告訴他，「沒人要讀亞裔男人寫的回憶錄」。所以，他就同意作為長篇小說出書。由於書本來是以非虛構來寫的，章法和行文上並不都符合小說的技法和邏輯，所以此書受到一些批評，給作者的寫作生涯帶來困擾。

有的出版商也力圖打破這種對亞裔男性的偏見，刻意要出他們的回憶錄。八〇年代末和九〇年代初，美國文壇出現了三位年輕的亞裔男性詩人：李立揚（袁世凱的曾外孫）、蓋利特．本鄉（Garret Hongo）、戴維．穆拉（David Mura）。當時他們可以說都是美國詩壇的新星。李立揚的《玫瑰》（*Rose*）一書給他贏得了無數粉絲和多個獎項；本鄉的《天河》（*The River of Heaven*）甚至入圍了普立茲詩歌獎（一九八九年）。他們三人都經常出現在文學集會上，朗讀作品並發表演講。很快美國的商業出版社就跟他們三人簽了寫回憶錄的合同。在此後的數年裡，他們把大量精力花費在回憶錄的寫作上。穆拉的《日本化：一位第三代日裔移民的回憶錄》（*Turning Japanese: Memoirs of a Sansei*）寫得比較順利，很快就出書了，以後他接著又寫了一部；本鄉的《火山：夏威夷回憶錄》（*Volcano: a Memoir of Hawai'i*）五年後也出版了；但李立揚的《種子：懷念》（*The Winged Seed: A Remembrance*）卻寫得很艱難。他自己說要一口氣把這部回憶錄寫完，而且每回坐下來就要從頭一直做到尾。可見，他對這個散文文體是用詩歌的方式來處理的，力爭「一氣灌注」；這樣他反覆寫了數年。當時，三位詩人都面臨自己詩歌創作的另一個坎，就是要寫出偉大的詩篇。用李立揚自己的話來說：「我只需要一首詩來使自己不朽，但我還沒有這樣的詩。」顯然，他清楚在文學結構中詩歌是至高的。仔細觀察三位詩人的發展，不難發現他們在這個重要關頭把大部分精力耗費在回憶錄上，沒能全心全力寫詩。這也許可以解釋為什麼他們的詩歌從此再沒達到以前的高度。

陳美玲是另一位亞裔美國詩人，跟他們同代，但那時她沒有他們出名，也就沒有出版社要她寫回憶錄。但是多年來陳美玲一直專心寫詩，她的詩歌也越來越豐富多彩，最終成為一家。如今作為詩人，她已經走在那幾位男性亞裔詩人的前面。

有一回我提起他們都在自己創作高峰期寫回憶錄這件事，陳美玲說他們都想打入散文界好擁有更多的讀者，而她本人從沒有那種願望。她會意地笑笑，彷彿也對他們的選擇不敢苟同。

寫作與挑戰

漢語文學界喜歡用十年來分類作家：七〇後、八〇後、九〇後等等。像我這樣的五〇後已經是恐龍級的了，四〇後的就不必提了，已經屬於另一個時代。不過，這種分類並沒有實際意義，最多是強調一些人青春尚在，還有取得成就的可能。但可能並不等於現實，加上文學根本不是以代際來劃分的。

我常說青春年華是寫作的本錢，因為創作是高強度的勞動，需要充足的腦力和體力，還需要專注和運氣。年輕人往往對老一代人有怨氣，這可以理解。老作家們占據了有限的出版和宣傳資源；在大陸他們許多人還身居官職——各省的作家協會的頭腦都是政府官員，這樣就給年輕人留下很少的發展空間，青年作家對他們的怨氣和對抗都是人之常情。而老一代作家們往往看不起青年作家，認為他們不過是在吃青春飯，寫得多是輕量級的作品，有的還不倫不類，最多不過是標新立異。

人們往往忽視了一個現實：文學是以傑作來定期的。如果一位二十多歲的作家寫出一部經典作品，他或她就不再是「青年作家」，因為在文學史上這樣的作家將跟魯迅、沈從文和張愛玲們並列，已經有了長久的生命。幾個世紀後人們不會注意我們這幾代作家的年齡區別，甚至連我們的名字都可能不記得了，頂多有個別作品會存下來。

其實，青年作家的怨憤是可貴的，尤其當這種怨氣能轉化成創作的動力。莫言曾坦然地談起自己第一次讀《百年孤獨》的心情，他說自己「感到憤怒」，第一次意識到原來小說可以這樣寫。顯然，莫言有來臨恨晚的心態，覺得馬奎斯捷足先登了。但這只是表面，在這種憤怒下蘊藏著挑戰者的精神。這種才是莫言與眾不同的地方，他後來的小說寫作的成就正是建立這種精神之上的。青年作家對老一代作家的正常態度應該是在寫作方面挑戰他們，力爭寫出更優秀的作品。事實上許多老一代作家並不配成為年輕人的對手，他們不過是身居要職，手裡有資源，吃文學飯，眼下活得風光熱鬧，但從文學上來看多是無足輕重的。青年人寫作的起點在於選對真正的對手，你的對手將決定你的量級，所以你真正的對手往往應該是死去的大師。你可能根本超不過那些大師，但在心理上與他們接近會為你提供更高的平台。

海明威是福克納和史坦貝克的同代人，也認識他倆，但他並不把他們作為對手，書信裡很少提及他倆。在他眼裡，所有美國作家（包括亨利·詹姆斯和赫曼·梅爾維爾）都不配做他的對手，可以說他是道地的「目中無人」。他心中的對手是屠格涅夫和托爾斯泰，這兩位大師代表西方小說的主流，是一個多世紀以來公認的頂尖。從一開始寫作，海明威就是要占據「凌絕頂」的位置，這種挑戰者的心態是他後來成為一代宗師的依據。一九四九年九月在給出版商查爾斯·斯克里布納的信中，年已五旬的海明威大談自己怎樣跟那些文學大師在拳場上打鬥，他的心態完全是年輕的，可以說是鬥志昂揚。亨利·詹姆斯只被他用拇指戳了一下並打了一拳，就不得不向裁判叫停，而「莫泊桑先生」被他「用四個最好的短篇」就擊敗了。值得注意的是不管海明威怎樣自負，他用的武器是自己的作品，渴望在寫作上超越那些大師。他坦誠地對斯克里布納說：「我從一開始就立志要打敗那些死去的作家，我知道他們太棒了。我首先跟屠格涅夫較量過，他並不難對付。」在二十四年前給別人的一封信中（一九二五年十二月二十日），海明威曾經認為屠格涅夫是「最偉大的作家」，雖然屠並沒寫出最偉大的作品。顯然，二十四年後海明威認為自己超越了屠格涅夫。

縱觀西方小說，屠格涅夫是最有影響力的作家，構成了西方小說的主調。從福樓拜，到詹姆斯，到剛剛去世的愛爾蘭作家威廉·特雷弗都深受他的影響。目前仍在寫作的美國黑人作家厄寧斯·甘恩（Ernest Gaines）和查爾斯·巴克斯特（Charles Baxter）都曾師承屠格涅夫。但海明威是從來不以人為師的，從一開始他就要力拔鰲頭，要把屠格涅夫打下台。

他真正心儀並敬畏的大師是托爾斯泰，在給斯克里布納的信中他尊稱托翁為「博士」，想像自己怎樣跟托翁較量：「除了打敗世界冠軍，我沒有別的雄心。我並不想跟托爾斯泰博士打二十回合，因為我知道他會把我的兩隻耳朵都打掉。這位博士的耐力太強了，能不斷地打下去，而且還能接著再上場。我要跟他打六個回合，這樣他根本打不著我，而我會把他打出屎來，也許能把他擊倒。他並不難被打著。可是，天啊他出手太厲害了。如果我能活到六十歲，我能打敗他。」不想打二十回合，是因為他沒有托翁寫鴻篇巨製的氣力，所以只能打「短快」之戰。這一點他自己也承認：「我能寫得很好，但不能跟托先生在拳場上長久較量，除非我和家人都沒飯吃。」這也解釋了海明威為什麼最終能在短篇上獨樹一幟。

與托爾斯泰一較高低是許多小說家的雄心，就連法國女作家莎岡（Frocoise Sagan）年輕時也說過視托翁為對手。海明威在給斯克里布納的信裡也提到一些布魯克林的作家不知深淺，一開始就挑戰托翁，成為笑話。海明威的吹噓似乎挺幼稚，但仔細想想卻很感人。首先，他已經是中年人了，仍能雄心勃勃地寫作，完全以一種年輕的心態來挑戰文學上的巨人。更重要的是他的狂話其實表達了某種誠實，就是要在同一個場地與大師們相會：沒有花拳繡腿，全憑實力來競賽。這是為什麼在信尾他寫下「懷著虔誠的情意」（With pious sentiment）。

如果你是虔誠的寫作者，那就與大師們在同一個場地相會吧。

當代名家・哈金作品集

湖台夜話

2021年1月初版 定價：新臺幣280元

著者	哈金
叢書主編	陳逸華
校對	施亞蒨
內文排版	李偉涵
封面設計	許晉維

出版者	聯經出版事業股份有限公司
地址	新北市汐止區大同路一段369號1樓
叢書主編電話	(02)86925588轉5305
台北聯經書房	台北市新生南路三段94號
電話	(02)23620308
台中分公司	台中市北區崇德路一段198號
暨門市電話	(04)22312023
台中電子信箱	e-mail：linking2@ms42.hinet.net
郵政劃撥帳戶第	0100559-3號
郵撥電話	(02)23620308
印刷者	文聯彩色製版印刷有限公司
總經銷	聯合發行股份有限公司
發行所	新北市新店區寶橋路235巷6弄6號2樓
電話	(02)29178022

副總編輯	陳逸華
總編輯	涂豐恩
總經理	陳芝宇
社長	羅國俊
發行人	林載爵

行政院新聞局出版事業登記證局版臺業字第0130號

本書如有缺頁，破損，倒裝請寄回台北聯經書房更換。 ISBN 978-957-08-5679-8 (平裝)
聯經網址：www.linkingbooks.com.tw
電子信箱：linking@udngroup.com

國家圖書館出版品預行編目資料

湖台夜話/哈金著．初版．新北市．聯經．2021年1月．
240面．14.8×21公分（當代名家・哈金作品集）
ISBN 978-957-08-5679-8（平裝）

1.海外華文文學 2.文學評論

850.92 109020332